化物屋敷

御隠居用心棒 残日録 3

森 詠

二見時代小説文庫

目次

化物屋敷——御隠居用心棒 残日録 3

第一章　湯島《ゆしま》の三人吉三《きちさ》

一

三味線が賑やかに掻き鳴らされ、重い緞帳《どんちょう》がゆっくりと上がった。

どっと歓声が上がった。芝居小屋が揺れる。

顔見世興行中日《なかび》。初日の賑わいにはかなわないものの、芝居好きの客たちが引きも切らず押し寄せていた。

天井近くの明かり取りの窓から午後の西日が舞台に差し込んでいる。

「月も朧《おぼろ》に白魚《しらうお》の、篝《かがり》もかすむ春の空、つめてえ風もほろ酔いに、心持ちよくうかうかと、浮かれ鳥のただ一羽……」

白塗りの顔のお嬢吉三《じょうきちさ》が舞台でたたらを踏み、大見得《おおみえ》を切っている。

二階の桟敷席《さじきせき》では、派手に着飾った町家のお内儀や娘たちが身を乗り出し、舞台のお嬢吉三の台詞《せりふ》に聞き惚れ、その振りにうっとりと見入っていた。

桑原元之輔《くわばらげんのすけ》は同じ桟敷席で、芝居に熱狂する女たちの色っぽい尻が並んだ後ろに、どっかりと座り、あたりの人の動きに、油断なく目を光らせていた。

「……塒《ねぐら》へ帰る川端で、棹《さお》のしずくが濡れ手で泡、思いがけなく手にいる百両。ほんに今夜は節分か、西の海より川の中、落ちた夜鷹《よたか》は厄落《やくお》とし、豆たくさんに一文の銭と違って金包み、こいつあ春から縁起がいいわえ」

「音羽屋《おとわや》！」

大向こうから甲高い野次が飛んだ。観客たちはどっと沸いた。お嬢吉三を演じる役者が、尾上菊五郎《おのえきくごろう》の声色だったからだ。大芝居の歌舞伎役者が湯島天神《ゆしまてんじん》の宮地《みやち》芝居に出るわけがない。だが、小芝居の役者たちは、大芝居の人気役者そっくりの声色と振りで、観客を湧かせた。観客も役者が本物ではないと知ってのことで、「音羽屋」や「成田屋《なりたや》」「大和屋《やまとや》」「高麗屋《こうらいや》」の掛け声を上げて芝居を盛り上げる。江戸っ子の粋《いき》である。

出し物の『三人吉三巴白浪《さんにんきちさともえのしらなみ》』は、いよいよ佳境《かきょう》に入っていく。

元之輔は腕組みをし、半分芝居を楽しみながら、半分、さりげなく周囲の人に警戒の目を配った。

本日の仕事は、伊勢屋《いせ》のお内儀お嶺《みね》と娘お幸《ゆき》に付き合って、小芝居を見物すること だった。もちろん、芝居見物に興じるお嶺とお幸の身辺を警固するのが役目だ。

元之輔は、昨日の扇屋伝兵衛《おおぎやでんべえ》のにやけた狸顔を思い浮かべた。

「実は、御隠居、今度のお仕事は楽しいですぞ」

「何が楽しいというのだ？」

「御隠居は、お芝居はお好きですかな」

「……うむ。嫌いではないが、最近は見ておらぬのでな……」

江戸家老時代には、芝居見物するような余裕はなかった。殿はお忍びで歌舞伎を御覧になられていたが、江戸家老の身で、ご一緒して歌舞伎見物に興じるわけにはいかない。世間体《てい》がある。誘いがあっても、そのうちに、と先延ばしにしているうちに、隠居するまで、芝居は見ず仕舞いだった。

「でしょう？　今度のお仕事は、御隠居がお好きなお芝居を観ながら、それとなく用心棒をなさればいいものでございます」

「…………」

「と申しますのは、さる大店《おおだな》のお内儀とお嬢様の芝居見物に同行なさり、二人の用心棒をしていただきたいのです」

「なぜ、それがしに……」

伝兵衛は元之輔の言葉を遮《さえぎ》った。

「あちら様が、ぜひ、御隠居に、と申されているんです」

「その大店の主《あるじ》と申すのは誰かな?」

「はい。日本橋の呉服商伊勢屋清兵衛《せいべえ》さんでございます」

「清兵衛か」

江戸家老時代に藩邸に出入りしていた痩せた体付きの清兵衛を思い出した。藩大奥の老女にひどく気に入られていた商売人だった。元之輔は、一、二度会ったことがある。如才《じょさい》ない男だった。

「はい。その清兵衛さんが御隠居が用心棒をなさるという話を聞き付け、私の店に御出でになったのです。ぜひ、御隠居に用心棒をお願いしたいと」

「どうして、お内儀と娘の歌舞伎見物に用心棒が必要なのだ?」

「芝居といっても大芝居の歌舞伎ではなく、湯島天神の宮地芝居の見物でして」

「小芝居か」

湯島天神の境内に建てられた芝居小屋は、通りすがりに見かけたことがある。大芝居の歌舞伎のような常設館ではない。庶民に人気のある小芝居と呼ばれる筵《むしろ》囲《がこ》いの芝居小屋だった。

「で、二人に用心棒を付けねばならない事情があるのかな？」

伝兵衛はうなずいた。

「先日、顔見世興行がありまして、その初日に清兵衛のお内儀お嶺様と娘のお幸様が連れ立って湯島天神に出掛けたそうなんです」

「うむ。それで」

「その際、芝居小屋の中で、二人はふと気付くと、怪しい男たちに、じっと見張られていたというのです」

「ははは。そのお内儀と娘は、男の目を惹くような美形なのではないか」

伝兵衛はにんまりとした。

「はい。たしかに。お内儀のお嶺様は若い時には、日本橋小町《にほんばしこまち》と呼ばれた御方です。いまもお若い。それから、娘のお幸様も肌が抜けるように白い美人で、日本橋小町で通っています。ちょっと見すると、二人は親子というよりも、まるで姉妹のように見えます」

「さようか。美人姉妹に見えるか。それでは、周囲からじろじろ見られても仕方ないのではないか」

元之輔は顎を撫でた。伝兵衛はうなずいた。

「私も、そう思いました。だが、その怪しい男たちは、桟敷席にいる二人を、ほとんど芝居も見ずに、じっと目を凝らして睨んでいるんだそうで」

「その怪しい男たちと申すのは、どんな奴らだ？」

「はい。一人は若いやくざもんらしいです。それから、どうやら、もう一人浪人者もいたらしいんで」

「それで、お内儀と娘は、そやつらに何か悪さをされたのかい？」

「いえ。何も。ただ、芝居の最中、お内儀と娘は、その男たちにじろじろ見つめられていて気持ち悪くて、落ち着いて芝居見物が出来なかったそうなんです」

「ふうむ。それだけなら、どうということはないのではないか」

「私もそう思いました。ですが、芝居が終わって帰る際も、そのやくざ者と素浪人が人込みに紛れて、二人を尾《つ》けていたそうなのです」

「ふうむ……」

「その日は何事もなかったものの、その後、その怪しい連中が店の周辺をうろついているので、主人の清兵衛は心配になり、私のところに相談に来たのです」

「ふうむ。ただのつきまといではなさそうだな。用心して、しばらく家から出ないで様子を見たらいいのではないか」

　伝兵衛は手を左右に振った。

「清兵衛さんも、そう思ったのですが、肝心のお内儀や娘は、どうしても芝居が見たいと言って聞かないんです。それで清兵衛さんは、私のところに来て、用心棒を紹介してくれないか、と言うのです」

「なるほど」

「お内儀や娘の要望なのですが、一緒に居てもむさくないお侍で、腕に覚えのある方がいい。それならば、御隠居がこの仕事に打ってつけではないか、と」

　伝兵衛は揉み手をした。

「日当は、一日二分でございます」

　二日なら一両か。悪くない、と元之輔は思った。師走《しわす》に入り、何かと物入りなことが多くなった。孫や若党の田島結之介《たじまゆいのすけ》の息子娘たちへの正月祝いの足しにもなる。

「それにしても、お内儀や娘は、なぜ、大芝居でなく、湯島天神の宮地芝居に入れ込んでおるのかのう。誰か、好きな役者でもおるというのか」

「そうなのです。清兵衛さんの心配もよそに、お内儀も娘も、役者の団之助《だんのすけ》、左団次《さだんじ》、右団次《うだんじ》に入れ込んでいるのです」

「団之助と左団次、右団次？」

「はい。座長の片山《かたやま》団之助、その弟の片山左団次、市原《いちはら》右団次の三人は、片山座の人気役者なんです。その三人が顔見世する『三人吉三巴白浪』を、お内儀と娘は、どうしても観たいといって聞かないのです」

「だが、お内儀も娘も顔見世興行の初日に観たのだろう？　また観たいと申すのか？」

「はい。人気役者の贔屓《ひいき》になると、一度では済まず、何度でも観たいものなのです」

伝兵衛はにやけた顔付きになった。

「伝兵衛、おぬしも、その三人吉三を観たのか？」

「はい。二日目に一度。それはそれは結構な演《だ》し物でした。大芝居の歌舞伎同様、たいへんな人気でして。団之助が和尚《おしよう》吉三、左団次がお嬢吉三、侍上がりのお坊《ぼう》吉三を右団次が演じるんです。芝居の最後に、三人吉三が勢揃いして大見得を切りますな。それは、もう口では言えぬほど美しい」

伝兵衛は、芝居を思い出したのか、一瞬、うっとりした面持ちになった。それも一《いつ》時《とき》で、すぐに我に返った。

「伊勢屋清兵衛さんは、桑原様が御隠居用心棒をなさっていると聞くと、ぜひ、御隠居にお願いしたいと言い出したのです。御隠居がお内儀たちと一緒にいるだけで安心だからと申しておりまして」

「わしが一緒にいるだけでいい、と申すのか」

「はい。それで、やくざもんや怪しい浪人たちに睨みをきかせる。清兵衛さんも安心してお内儀たちを芝居に行かせることが出来るというわけです」

「やくざもんや素浪人が、わしを見て引き下がるとは思わぬが」

「いや。そんなことはありません。御隠居はお歳を召してはおられるが、矍鑠《かくしやく》としておられる。そんじょそこらのご老体ではない。一目見て只者ではない、という威厳《いげん》をお持ちです」

「そうかのう」

　矍鑠としていると言われて面映《おもは》ゆかった。己れは、他人からそんなふうに見られているというのか。どうも尻のあたりがむずむずする。

「ということで、清兵衛さんは、さっそくにも御隠居様にご挨拶に上がりたいとも申しておりました。こちらの店に、まもなくやって来ると思います」

「さようか」

元之輔はキセルを取り出し、莨《たばこ》を詰めた。手かざしの炭火にキセルをかざし、火をつけた。

「ごめんくださいませ」

店の玄関に訪《おとな》いを告げる声がした。女中が返事をして玄関に出て行く気配がした。

「噂をすれば影ですね。清兵衛さんがお見えになったようです」

伝兵衛は笑いながら、そそくさと立ち、廊下に出て行った。

まもなく伝兵衛の後から、真剣な面持ちの清兵衛が廊下に現われた。清兵衛は廊下に座り、元之輔に深々と頭を下げた。

「桑原様、お久しうございます。桑原様の在任中には、いろいろお世話になりました」

「おう、清兵衛。ご無沙汰でしたな」

「この度は、私どもの願いを引き受けていただき、まことにありがとうございます」

伝兵衛が顔を綻ばせた。

「清兵衛さん、まずは座敷に入ってください」

「では、失礼します」

清兵衛は膝行《しっこう》し、座敷に上がった。元之輔は苦笑いした。

「なに、まだ詳しい事情を聞いておらぬので、わしでいいのか、迷っておるのだが」

もう、そんな話になっているのか、と伝兵衛の顔を見た。伝兵衛は慌てて頭を左右に振った。

「御隠居、本当に簡単なお仕事なんです。お内儀のお嶺さんとお嬢様のお幸さんと同じ桟敷席にでんと座り、あたりに睨みをきかせておられるだけで結構ですので」

ただ座っていればいい、か。

しかし、簡単そうな仕事には得てして裏がある。厄介な問題が潜んでいることがある。

元之輔は清兵衛の顔を見た。

「清兵衛、お内儀と娘子のいったいどちらが男たちに付きまとわれておるというのだ？」

「おそらく娘のお幸が狙われているのではないか、と思うのですが。あいつらの目当てが、娘だけなのかどうか、よく分かりません」

清兵衛は困惑した顔になった。

伝兵衛が頭を下げた。

「御隠居、私からも、ぜひ、とお願いいたします。お内儀さんとお嬢さんは、明日、芝居見物に行くとお決めになっておりまして」

「明日か」

「はい。なんとか、お願いします」

清兵衛は畳に両手をついて頭を下げた。元之輔はため息をついた。

「分かった。清兵衛、お引き受けしよう」

「ありがとうございます」

清兵衛はほっとした顔で、伝兵衛と顔を見合わせた。


観客がどっと湧いた。拍手と歓声が起こった。元之輔は我に返った。あたりに気を配った。

『三人吉三巴白浪』は終わりの段になっていた。桟敷席の女たちが一斉に立ち上がり、舞台の役者に向かって投げ銭のお捻りを放っている。お捻りの白い包みが舞台に雨《あめ》霰《あられ》と降り注いでいた。

立ち姿のまま見得を切ったお嬢吉三、お坊吉三、和尚吉三がじっと動かずにいた。投げ銭の白いお捻りがまるで雪玉のように舞台の床に転がっている。

元之輔は、その光景を眺めながら、ふと首筋に鋭い視線を感じた。殺気を思わせるような、ねっとりとまとわり着く視線だ。

ゆっくりと首をひねり、視線が来る方角に目をやった。二階の桟敷から見える大向こうの人の群れの中に、ざんばら髪の素浪人が桟敷を見上げていた。

目が合うと浪人は目を逸《そ》らし、人込みに紛れて姿を消した。

その時、今度は舞台奥の羅漢席《らかんせき》から強い視線を感じた。鯔背《いなせ》な町奴が一人、桟敷から身を乗り出して役者に手を振るお幸をじっと見詰めていた。だが、その視線には邪気はなかった。その町奴も元之輔が見ていると気付くと、顔を背《そむ》け、人込みに身を隠した。

舞台ではゆっくりと緞帳が重々しく下がって行く。それに伴い、居並んだ女たちのふくよかな尻の列が崩れ、桟敷席に戻りはじめた。お嶺もお幸も、ほかの女客たち同様に興奮さめやらぬ面持ちで、なおもお喋りを続けている。

元之輔は刀を左手に携え、立ち上がった。

たしかに怪しい男たちが、お嶺とお幸に目を付けていた。訳は分からぬが、用心せねばなるまい、と元之輔は思うのだった。

二

芝居茶屋だるま屋の座敷には、桟敷客だった商家の主人やお内儀、娘、女中たちがずらりと並び、芝居についてのお喋りに興じていた。時折、どっと笑い声が上がる。

やがて仲居たちが現われ、豪華な料理の膳が次々に運ばれて、みんなの前に並べられた。徳利も運ばれ、仲居たちが客に酒を振る舞いはじめた。

元之輔は番頭の案内で、隣の座敷へ通された。そこには、伊勢屋清兵衛、口入れ屋の扇屋伝兵衛とともに、若党の田島結之介の姿もあった。

若党の田島は、万が一、加勢が必要になった場合に備え、元之輔が伝兵衛と一緒にだるま屋に来るように呼んでおいたのだ。

田島は元之輔が江戸家老時代から、ずっと若党として勤める武家奉公人だ。長年、元之輔の若党をしているので、気心も十二分に通じている。元之輔への忠誠心も篤い。剣の腕も達つ。元之輔にとっては、昔からの心強い傅役《もりやく》だった。

伝兵衛がさっそく訊いた。

「いかがでございましたか」

「うむ。たしかに胡散臭《うさんくさ》い浪人者が一人、大向こうに居た。芝居よりも桟敷のお内儀と娘さんを窺っていたようですな」

「やはり」清兵衛がうなずいた。

「それに羅漢席にも若い町奴がいて、人込みに紛れて、桟敷席を窺っていた」

清兵衛は伝兵衛と顔を見合わせた。

「そうでございますか。やはり、お嶺の気のせいではなかったのですね」

伝兵衛が元之輔の顔を見た。

「それで芝居がはねた後は、いかがでしたか？　ここまで尾けて来てましたかね」

「途中、何度も後を尾けて来ないかと気を付けたのだが、浪人者の姿も町奴の姿もなかった。わしが見逃したのかも知れぬが」

清兵衛は笑った。

「ははは。そうでしたか。御隠居様が用心棒として、家内と娘に付いていると分かったから、尾けるのを諦めたのでございましょう。まずは安心です。ありがとうございます」

「分からぬぞ。他の仲間が尾行しておったかも知れん」

田島結之介が訊いた。

「御隠居、その浪人者と町奴は、ぐるに見えましたか？」

「ぐるかどうかは分からぬ。浪人者と町奴が互いに連絡を取り合っている様子はなかった。だが、その後、人込みに紛れて、双方とも見失ったので、どうかは分からない」

仲居たちが料理を盛った膳を運んで来た。

清兵衛が朗《ほが》らかに言った。

「ともあれ、御隠居様、今日はお疲れさまでした。何事もなく済んだのでほっとしております」

「清兵衛さん、今後は、いかがいたしますかな」

伝兵衛が訝《いぶか》った。清兵衛は元之輔の顔を見た。

「御隠居様、どうしたら、いいのでしょうか？　何かお知恵をいただきたいのですが」

元之輔は腕組みをし、考え込んだ。

「用心に越したことはないが、かといって、二六時中、二人にわしが付くのは当人たちにとっても煩わしいことだろう。二人が出掛ける際には、必ず番頭か手代を付け、人通りの少ない道や場所は避けるようになさったらいい。どうしても、用心棒が必要だと思ったら、扇屋か、わしのところに声をかければよかろう」

「さようでございますな。いまのところ、二人が出掛けるとすれば、芝居見物ですので、その際には、ぜひ、御隠居様にご一緒していただければ、と思います」

襖越しに、隣の宴席で女たちがどっと嬌声《きようせい》を上げた。

誰かが宴席に入って来た様子だった。

「お待ちしていました」と甲高い女の声。

「左団次さまあ」「右団次さまあ」「団之助さまあ」

女たちの叫ぶ声が入り交じり、どよめいた。

男客の声も上がった。

「よ、三人吉三のそろい踏みだあ」

伝兵衛が膝行し、そっと襖を開けた。

座敷の床の間の前に、三人の裃《かみしも》姿の役者が並んで座っていた。白化粧の顔のままだった。

真ん中の役者が顔を上げ、口上《こうじよう》を述べる。

「和尚吉三を演じましたる片山団之助にございます」

「よ、団之助！」

やんやの掛け声が飛ぶ。

団之助は左側の役者を手で差し示した。

「お嬢吉三の片山左団次にございます」

「左団次さまあ」「よ、左団次！」

団之助は右側の役者を手で促した。

「それがし、お坊吉三は市原右団次にござい」

「待ってました、右団次！」「右団次さまあ」

歓声が湧いた。

三人は一斉に立ち上がり、舞台の『三人吉三巴白浪』のままに、大袈裟な振りで、見得を切り、白目を剝いて、宴席の客たちを睨《ね》め回した。

「片山屋！」「市原屋！」

「左団次！」「右団次！」「団之助！」

それぞれの役者に贔屓の声がかかり、大騒ぎになった。女たちの嬌声が波立つ。呼応する男たちの声。

芝居小屋の興奮が、そのまま座敷に移って来ている。女たちが総立ちになり、三人の吉三たちの姿が隠れてしまった。さすがに男客たちは立たないで、膳の前に座っている。

元之輔は、田島結之介と顔を見合わせた。

清兵衛も伝兵衛も、背を伸ばし、女たちの間に見え隠れする役者たちを目で探した。

「まあまあ、皆様、落ち着いて、お席にお戻りください」

座敷の出入口に、黒紋付の羽織袴姿の小男が現われた。小男はでっぷりと布袋腹《ほていばら》をしていた。両手を上げ、大声で女たちを宥めた。

「さあさ、お内儀さん、お嬢さん、御女中たち、どうぞ、お席にお戻りください。これより、三人吉三が、順次、皆様の御膳に、ご挨拶して回ります。どうぞ、みなさま、役者と御歓談くださいますようお願いいたします」

清兵衛が元之輔にそっと囁いた。

「あの男は、太夫元《たゆうもと》の円之丞《えんのじょう》でございます」

太夫元とは芝居の興行主である。

「円之丞は、こちらにも、挨拶に参るでしょう」

清兵衛は自信たっぷりに言った。今度は、伝兵衛が元之輔に言った。

「伊勢屋清兵衛さんは、片山座に出資している大事な金主《きんしゅ》の一人ですからな」

清兵衛は何も言わずにうなずいた。

団之助、左団次、右団次の三人は、ばらばらに散り、宴席を巡りはじめた。彼ら三人が行く先で嬌声や笑い声が上がる。団之助も左団次も右団次も、満面に笑みを浮かべて、客たちに愛想を振り撒いていた。

清兵衛のお内儀お嶺と娘のお幸は膳を挟んで、前に座った左団次と夢中になってお喋りをしている。左団次も楽しそうに応対している。ほかの商家のお内儀や娘も話に合流し、左団次の周りには、いつの間にか、女たちの人垣が出来ていた。

座敷のあちらこちらに、右団次や団之助を取り囲む人垣が出来ていた。役者が自分たちの膳に回ってくるのが待ち切れず、役者を取り囲んでいる。

突然、階下で怒鳴り声が響いた。

「おやめください。お侍さん」

「何を言うか。わしらは客だぞ。女将、わしらも二階へ案内せい」

「駄目です。二階の座敷は片山座の貸し切りです。今日は、予約のないお侍さんたちは……」

「なんだと。河原乞食《かわらこじき》たちが座敷を貸し切って、女たちと宴会しておるのだろうが。けしからん」

「お侍さん、無理は言わないで」

「黙れ、黙れ。女将、案内せい」

「痛ーいッ」

女の悲鳴が上がった。

座敷で女客たちと談笑していた左団次、右団次、団之助は顔をしかめた。太夫元の円之丞が急いで立ち上がり、廊下に走り出た。

階段を踏み鳴らして上がって来る足音が響いた。腕を捩じ上げられた女将が現われ、背後から大柄な侍が階段を上がって来る。

「お侍さん、おやめください」

円之丞が侍の前に立ち塞がった。

「なんだ、てめえは。どけ。邪魔だ」

侍は金ぴかの派手な羽織を着込んだ旗本奴だった。その侍の後から、何人もの旗本奴が階段を上がって来る。みな一様に酒気を帯び、顔を真っ赤にしていた。

「御隠居様」

清兵衛が青ざめた顔で、元之輔を見た。

「ここは御隠居に任せて」

扇屋伝兵衛が清兵衛に動かぬようにと手で制した。

田島結之介は傍らに置いた刀に手を伸ばした。結之介は、かなり腕に覚えがある。

「田島、待て」

「しかし、御隠居」

「刀は使うな。あれだ」

元之輔は廊下の戸袋を目で差した。田島は戸袋の傍らの心張り棒を見てうなずき、廊下に膝行した。

元之輔は座ったまま、そっと膳を脇にのけた。

旗本奴たちは五人。廊下に並んで立ったものの、いずれも酔いで軀がふらついている。

「おう、綺麗どころが揃っておるではないか」

「町人どもの宴会とは、面白い。わしらも宴会に混ぜてくれ」

「緞帳役者なんかより、わしら旗本の相手をせい」

「お、そこの女、気に入った。拙者に酌をせい」

旗本奴の一人が、よろめきながら、清兵衛の娘お幸を指差し、近寄ろうとした。

「御戯《おたわむ》れは、おやめください。お侍さま」

左団次が、さっと膝行して、お幸を背後に庇《かば》った。

「なんだ、てめえは。女みたいに白化粧した顔をしやがって。ははあ、てめえは役者だな。名はなんていう?」

「片山左団次にございます」

「片山左団次だと! 偉そうに。緞帳役者のくせしやがって。生意気な」

旗本奴は左団次の胸ぐらをぐいっと摑んだ。ほかの旗本奴たちがどっと笑った。

緞帳役者とは、引き幕の代わりに緞帳の使用が許された小芝居の役者のことで、大芝居の歌舞伎役者には遠く及ばないという意味の蔑称《べっしょう》だった。

円之丞が駆け寄り、左団次を旗本奴から引き離した。

「お侍様、乱暴はおやめください」

「きさま、それがしに逆らうのか」

旗本奴は円之丞を平手で張り飛ばした。円之丞の軀は並んだ膳の上に転がった。茶碗の割れる音が響いた。女たちが悲鳴を上げて、身を寄せて集まった。

団之助と右団次が左団次と円之丞に駆け寄った。

円之丞は丸い軀を起こし、笑いながら言った。

「おぬしたち役者は、手を出すな。おぬしらは顔が命だ」

旗本奴たちは左団次たちを指差して笑い合った。

「なんだ、こやつらが役者だと言うのか」

「ただの優男《やさおとこ》じゃないか」

「なにが役者は顔が命だ」

「しゃらくせい。天下の旗本に向かって、ろくに挨拶も出来ぬとは無礼千万」

「おい、そこの女、わしの好みだ。仲良くしよう。わしに酌をせい」

旗本奴の一人がよろめきながら、お幸を背に庇うようにしているお嶺に歩み寄った。

「お待ちなさい。お侍」

元之輔が大声で言い、ゆっくりと立ち上がった。

「なんだ、てめえは」

お嶺に詰め寄った旗本奴は、赤ら顔を元之輔に向けた。

「天下の旗本と称する者が、他人の宴席に乱入し、狼藉《ろうぜき》を働くとは呆れ返る。おぬしら、それでサムライか？　ただのやくざ者じゃないか。情けない」

一瞬、旗本奴たちは顔を見合わせた。

「なにい、わしらをやくざ者だと言うのか」

「おい、どこのご老体かは知れぬが、余計な口出しをすると、怪我するぞ」

「年寄りは引っ込んでおれ」

「さあさ、女たち、わしらと遊ぼう。女将、酒を持って来い。さあ、みんな、酒盛りだ」

旗本奴たちは口々に言い、座敷に座り込み、近くの女に手を伸ばそうとした。

元之輔は、お嶺の肩に手を掛けた旗本奴に走り寄った。男の手を摑んで捩じ上げた。

「おお、な、何をする」

旗本奴は腕を逆手にされたが、すぐに元之輔の手を振り解《ほど》いた。男は酒に酔っているので、腕を捩じ上げられても、あまり痛みを感じない様子だった。

「無礼者、年寄りでも、天下の旗本を馬鹿にするとは不届き千万。容赦しないぞ」

赤ら顔の旗本奴は腰の刀に手を掛けた。

ほかの旗本奴たちは、どっと笑った。

元之輔は一歩下がり、間合いを空けた。

赤ら顔の旗本奴は大刀をすらりと抜いた。

女たちが悲鳴を上げた。左団次たちもたじろいだ。

「おぬしたちに警告する。おとなしく、この場を去れ」

元之輔は手を上げ、廊下にいる田島に合図した。

「……投げろ」

くるくると回転しながら、何かが元之輔に飛んだ。元之輔は片手で、それを受け止めた。心張り棒だった。元之輔は心張り棒を旗本奴に突き出した。

「な、なんだ」

旗本奴は、顔の前に突き出された心張り棒を見て、赤ら顔をさらに赤黒くした。

「おとなしく引け。引かねば、痛い目に遇うぞ」

「おのれ、言わせておけば……」

旗本奴は、刀の抜き身を振り上げ、元之輔に斬りかかった。

元之輔は刀を弾き返し、男の腕に心張り棒をしたたかに叩き込んだ。ついで元之輔は心張り棒で男の胸を叩き払った。

「…………」

旗本奴は呻き声を上げ、大刀を落とした。男は、その場にへたり込んだ。

あたりが一瞬凍り付いた。

旗本奴たちは、何が起こったのか、すぐには分からなかった。だが、赤ら顔の男が元之輔にやられたと悟ると、一斉に立ち上がった。

「おのれ、年寄りと思って手かげんしていたが、許せぬ」

四人の旗本奴は、一斉に刀を抜いた。元之輔の軀が一瞬に動いた。元之輔の前に立った二人の旗本奴が喉元と腹を押さえて蹲《うずくま》った。

廊下から田島の影が座敷に走り込んだ。残る二人も、田島が振るう心張り棒で叩きのめされた。

元之輔は心張り棒を下段に構え、残心した。田島も傍らで心張り棒を上段に構えて残心している。元之輔と田島の足元に旗本奴たち五人が倒れたり、蹲っていた。

「格好いい！」

女たちが拍手喝采《かっさい》した。

左団次たちも、顔を綻ばせ、拍手で讃えている。

「よう！　成田屋」「音羽屋！」「高麗屋！」

女客や男客たちが好き勝手に贔屓の役者の屋号を叫んでいた。

元之輔は残心を解いた。田島も笑みを浮かべて心張り棒を下ろした。

「ありがとうございます」

清兵衛が元之輔に駆け寄った。お嶺もお幸も顔を真っ赤にして、元之輔の足元に寄って来た。

円之丞も元之輔と田島に頭を下げた。

「ご挨拶が遅れました。太夫元の円之丞にございます。本当にありがとうございました。うちの役者たちも、ただただ感謝いたしております」

円之丞の後ろに座った団之助、左団次、右団次の三人が元之輔と田島に揃って恭《うやうや》しくお辞儀をしていた。

茶屋の女将や仲居たちも、元之輔たちに頭を下げて感謝した。

旗本奴たちは、茶屋の番頭手代たちに抱え起こされ、這《ほ》う這うの体《てい》で引き揚げて行く。

扇屋伝兵衛がうれしそうに笑い、元之輔に言った。

「御隠居が、やってくれると思いました。さ、こやつらを追い出したら飲み直しましょう」

元之輔は、どこかで芝居の拍子木を打ち鳴らす音が聞こえたような気がした。

三

湯島天神の参道は大勢の人波で埋まっていた。見せ物小屋や屋台が並び、子どもたちが人込みの中を駆け回っている。

芝居小屋の前には、沢山の見物客たちが押し寄せていた。

小屋の前には、数えきれぬほどの白い幟《のぼり》、赤い幟が立ち並び、風にはためいていた。幟には、片山左団次、右団次、団之助の名前が大書されていた。

一座のお披露目顔見世興行が終わり、いよいよ、年明けには、初春興行が始まるのだ。

芝居小屋の前には、新年の祝いの酒樽が積み上げられ、小屋の木戸は、正月飾りで埋め尽くされていた。大きな紙の芝居番付が貼り出され、初春狂言の曾我物《そがもの》や大津絵《おおつえ》道成寺《どうじょうじ》の一場面を描いた大看板が掲げられている。

元之輔は前を行くお嶺とお幸の後に付き、のんびりと歩いていた。

明るく粋な留袖姿のお嶺と、真っ赤な振袖姿のお幸は、人込みの中でも一際目立っていた。行き交う男たちは、老いも若きも、必ず二人に目をやって通り過ぎる。女たちも、ちらりと二人を一瞥《いちべつ》するが、嫉妬か羨望のどちらかの眼差しになり、知らぬ顔になって、見ぬ振りをした。

元之輔は二人からやや離れて、人込みに紛れながら歩いた。

本日は、二人は芝居見物ではなく、湯島天神にお参りしたい、ということだった。

芝居茶屋での立ち回り以来、清兵衛は元之輔に絶大なる信頼を寄せるようになった。

本来はお嶺とお幸の警固は、芝居見物に付いて行くだけだったが、いつの間にか、お嶺やお幸が出掛ける時の警固も頼まれるようになった。

元之輔は人込みに怪しい者はいないか、と目を配った。

芝居小屋の大向こうの席にいた浪人者と、羅漢席にいた町奴とも、その後、姿を現わしていない。だが、二人は明らかにお嶺かお幸に、何らかの遺恨、あるいは何かよからぬ思いを抱いているように見えた。それが何かは分からぬが、いつか、きっと浪人者と町奴が二人の前に現われる、と元之輔は確信していた。

天神様の前には、参拝客の長蛇の列が出来ていた。お嶺とお幸は、列の最後尾に並んだ。

「おはようございます」

芝居小屋の前に来ると、元之輔に声がかかった。

「おう。あの時の……」

芝居茶屋だるま屋の女将小百合《さゆり》だった。華やかな留袖姿だった。

「その節は、たいへんお世話になりました。御隠居様の派手な立ち回りが評判を呼び、おかげさまで、お店は芝居以外でも、大繁盛になりました。なかには御隠居用心棒は居ないのかと騒ぐ客までいて」

小百合は袖で口元を隠して笑った。小百合は芝居茶屋の女将にしては楚々《そそ》とした雰囲気の女だった。

　先を歩いていたお嶺とお幸が振り返り、女将と明るく挨拶を交わしている。

「いつも伊勢屋様には、御贔屓いただいて、ありがとうございます」

「こちらこそ芝居見物の席を取るにあたり、だるま屋さんには、いろいろお世話になります。これからも、どうぞよろしうお願いいたします」

「よろしくお願いいたします」

　お嶺とお幸は笑顔で小百合に頭を下げた。

　元之輔は列に並びながら、女将に尋ねた。

「その後、あの旗本奴たちは、茶屋にお礼参りに現われなかったか？」

「御隠居様たちに痛めつけられ、相当懲りたらしく、あれ以来、私の店にはぱったりとお見えにならなくなりました」

「そうか。悪いことをしたな。もしかして、彼らもお得意客だったのではないか」

「いいえ、とんでもありません。むしろ、店に出入りされて、困っていたところでした。あの方々は、これまでも、ほかのお客様に迷惑をおかけして、いつも顰蹙《ひんしゆく》を買っていたので」

　小百合は科《しな》を作って笑った。

「もし、また現われて悪さをするようだったら、わしに知らせてくれ。すぐにでも駆け付けようぞ」

「ありがとうございます。その時は、よろしくお願いします。御隠居様、天神様のお参りが済みましたら、お帰りに茶屋にお寄りくださいませ。お茶でも差し上げますので」

「ありがとう」

「では、お待ちしてます。きっとですよ」

女将はにこやかに笑い、芝居小屋の木戸に入って行った。

新春興行は正月三日からだ。いまは、その準備に追われているのだろう。小屋の中から、三味線や太鼓の音が漏れて来る。

元之輔は腕組みをし、あたりの人込みに目を配った。女将の小百合と話をしているうちに、いつの間にか、元之輔とお嶺やお幸との間に、七、八人の参拝者が入っていた。着飾った町家の女や、その連れの若い者たちだった。

突然、「喧嘩だあ」「喧嘩だ！」という叫び声が上がった。参道に並んだ参拝者の列の前の方がどっと崩れた。悲鳴が上がった。

元之輔は参列者の列を抜け出て、騒いでいる人垣を見た。お嶺とお幸は、不安げな顔で佇んでいる。前後の参列者たちも何事が起こったのか、と気にしていたが、知り合い同士で話し合うだけで、動こうとしなかった。

前の方に集まっていた人垣が崩れた。数人の人影が、崩れた人垣の間から走り出て来た。後から追う人影も見えた。

追われているのは、白頭巾《しろずきん》を被り白衣《ひやくえ》を着た、まかしょたちだった。まかしょたちは手に手に杖を持っている。

まかしょたちは、けらけら笑いながら、その杖を巧みに振り回し、飛び回り、追っ手を打ち付け、懐《ふところ》から絵札を出してばら撒いている。

「まかしょ」「まかしょ」

野次馬から喚声《かんせい》が上がり、まかしょを応援している。

追う人影は、白い法被《はつぴ》を着た的屋《てきや》の荒くれたちだった。法被の背には、湯島天神の名称が麗々《れいれい》しく書かれている。湯島天神の境内を縄張りとする的屋たちだ。

まかしょと的屋の間で、何事か揉め事が起こったのだろう。的屋の荒くれたちは、脇差の抜き身を振り回し、まかしょを追いかけていた。

逃げるまかしょは四、五人。追う荒くれ者は七、八人。まかしょは、的屋の荒くれ者たちを愚弄《ぐろう》しながら、参列者の人垣に逃げ込んだり、境内の灯籠《とうろう》や木立に隠れ、的屋たちの刃を躱《かわ》していた。

陽光に刃がきらめいている。的屋の荒くれ者とまかしょの喧嘩騒ぎは、見る見るうちに迫ってくる。

これは、いかん。

元之輔はお嶺とお幸に走り寄った。

「御隠居様」

お嶺が怯えた顔で、お幸と抱き合っていた。

「ここは危ない。付いて参れ」

元之輔はお嶺とお幸の腕を引き、参列から抜け出そうとした。参拝者の列が崩れ、みんな一斉に四方八方に散ろうと逃げ惑った。

「どけどけ」

「ここまでおいで」

「逃げるな、まかしょ野郎め」

「なんまいだぶ、なんまいだぶ」

まかしょが一人、声高に念仏を唱えながら、刃を躱し、お嶺とお幸の背後に逃げ込んだ。まかしょは、お嶺たちを盾に的屋の荒くれ者の刃を躱そうというのだ。

「待て！　刀を引け。巻き添えにするな」

元之輔は怒鳴り、血相を変えている的屋の前に立った。的屋は一瞬たじろいだが、お嶺たちの背後に隠れたまかしょが顔を出し、あかんべーをするのを見ると切れた。

的屋は脇差の刃を、お嶺の背に隠れたまかしょに向けて突き入れた。元之輔は咄嗟《とっさ》にお嶺の腕を引き、抱き寄せて、刃を躱した。

一瞬、的屋の荒くれ者の刃は、元之輔の脇を削《けず》って抜けた。濃厚な化粧の香りが元之輔の鼻孔を満たした。

「へらへらへったら、へらへらへ」

まかしょが的屋を嘲笑《あざわら》い、今度はお幸の背後に隠れた。的屋の荒くれ者は刀を返し、今度はお幸の背後に刃を突き入れた。

「幸！　こっちへ来い」

元之輔はお嶺を抱いたまま、手を伸ばし、お幸を引き寄せようとした。一瞬、小柄な黒い影の旋毛風《つむじかぜ》がお幸の前を過《よぎ》った。影はお幸を突き飛ばした。

ほとんど同時に、荒くれ者の刃が影を斬って流れた。

「うッ」

旋毛風の男は呻いた。手拭いを頰っ被りした若衆だった。顔は見えなかった。若い者は左腕を右手で抱えて、そのまま、走り去り、人込みに紛れた。地べたに血の雫《しずく》が垂れていた。

「まかしょを斬るつもりが……」

的屋の荒くれ者は舌打ちをした。荒くれ者はくるりと体を回し、まかしょに刀を振り下ろした。

まかしょは、一瞬早く、杖を地面に突き立て、後ろに飛び退いた。

「なんまいだぶ、なんまいだぶ」

元之輔はお嶺の軀を放し、急いで地面に転がったお幸を助け起こした。

「大丈夫か？　怪我はないか」

「…………」

お幸は振袖が汚れたのにも気付かず、飛び去った男の影を見ながら、茫然《ぼうぜん》としていた。

「お幸、しっかりおし」

お嶺が駆け寄り、お幸を胸に抱いた。

お幸の軀はぶるぶると震えていた。

喧嘩は参道から去っていた。

まかしょたちは、鳥居の前に集まると追っ手の荒くれ者たちに尻を向け、白衣を捲《まく》って、ぽんぽんと尻を叩いて嘲笑った。

「ここまでおいで」

「野郎！　ふざけやがって」

まかしょたちはへらへらと笑いながら、境内から出て行った。

「おととい、来やがれ」

「ちくしょう、逃げ足の速い連中だ」

的屋の荒くれ者たちは縄張りの境内から出ずに、大声で罵声を浴びせた。

「ふてえ野郎だ」

「こんど、現われたら、ただじゃおかねえ」

的屋たちは抜き身を腰の鞘に納め、ぶつぶつ言い合いながら、引き返して来た。

元之輔はお幸を見た。お幸は平静さを取り戻していた。

「…………」

元之輔にはお幸が人の名を呟いたような気がした。

四

「まあ、私が帰った後、そんな騒ぎがあったんですか」

芝居茶屋の女将小百合は、お茶を出しながら驚いた。元之輔はお幸に向きながら言った。

「うむ。咄嗟のことだったので、わしはおぬしを護るのが、一瞬遅れた。あの若い者《わかもん》が飛び込み、軀を張って、おぬしを護らなかったら、おぬしが斬られていたところだった」

「…………」

お幸は、その時のことを思い出したのか、蒼褪《あおざ》めた顔を俯けた。

「済まぬ。用心棒のわしがおったのに、おぬしを護れず、申し訳なかった」

元之輔は、お幸に頭を下げた。お幸は俯いたままだった。

「いいえ、御隠居様は、お一人だったのに、精一杯、私たち二人を護ろうとしてくださいましたよ。あの時、引き寄せていただかなかったら、私が斬られていました……」

お嶺は元之輔の顔を見ながら、ぽっと頬を赤らめた。

元之輔もお嶺を抱き寄せた時に嗅いだ芳しい香りを思い出した。年甲斐もなく、胸がときめいた。いまもお嶺のきゃしゃな躯の感触が腕や手、胸に残っている。

元之輔は気を取り直して、お幸に訊いた。

「ところで、おぬしを助けた若い者、おぬしの知り合いか？」

「…………」

お幸は俯いたまま、ぶるぶると躯を震わせた。頭をかすかに左右に振った。

男は手拭いを頬っ被りしていたから、顔は分からなかったが、体付きが羅漢席にいた町奴に似ていなくもない。

「いえいえ。あんな町奴は、お幸の知り合いにいませんよ」

お嶺が笑いながら、俯いているお幸の代わりに言った。

「お幸はまだまだおぼこ娘です。娘の知り合いの男の子なら、私も知っています。お幸を助けてくれた人の悪口を言うつもりはありませんが、私たちの周りに、あんなならずもののような男はおりません」

「……さようか」

元之輔は熱いお茶を啜った。茶は秩父名産の玉露だった。湯呑み茶碗から、いい薫が立っている。

「もう大丈夫ですよ。恐かったでしょうけど、御隠居様もおられるし、安心ですよ」

お嶺が優しく声をかけ、お幸の背を撫でた。

「はい。……」

お幸はかすかにうなずいた。

お嶺は笑顔で言った。

「もし、あんなならずものが、お幸に近付いたら、親の私が許しません。この子は、いずれ由緒あるいい大店の息子さんに嫁ぐことになっているのですから」

「ほう？　そんな縁談が出来ているのかね」

「いえ、まだ正式に結納《ゆいのう》を交わしているわけではありませんが、旦那様が仲人さんを立てて、いま内々に話を進めている最中です。ね、お幸」

「………」

お幸はうなだれたまま、身動《みじろ》ぎもしなかった。

女将がとりなすように茶を勧めた。

「さあさ、お母さんも、お幸さんも、お茶を召し上がれ。せっかくの熱いお茶が冷めてしまいますよ。御隠居様も、もう一杯、いかがですか」

「うむ。いただこうか」

元之輔は湯呑み茶碗を盆の上に戻した。女将が急須を茶碗に傾けた。

元之輔は話題を変えた。

「ところで、女将、的屋と争っていた、まかしょの連中は、いったい何者なのだ?」

「ああ、あのまかしょたちは、最近、湯島界隈を徘徊するようになった人たちなんですよ」

「ふうむ」

「普段、町なかで家々を訪ねて門付《かどづけ》し、歌を唄ったり、踊ったりして、お金をめぐんでもらうお乞食さんをしていますのよ」

元之輔はお茶を飲んだ。

「寒い中、白ずくめの格好で、首から箱を下げ、鈴を手にして、通りを練り歩き、絵札を撒き散らす。お子さんたちが、それを追って、まかしょ、まかしょと囃《はや》し立て、絵札をもっと撒けと叫ぶ。まかしょは世の縁起を祝う人たちで、決して悪さをする人たちではないんですがね」

「湯島天神の境内で、そのまかしょが、どうして地元の的屋を怒らせ、追い掛けられていたのかな」

「さあ。いったい、何があったのですかね」

女将は笑いながら首を左右に振った。

お嶺が普段の落ち着きを取り戻し、女将に訊いた。

「女将さん、正月三日からの新春狂言は、今年も曾我物なんでしょうね」

「はい。人気狂言の曾我兄弟の物語と、今年は大津絵道成寺です」

女将は笑顔で答えた。お嶺は膝を乗り出した。

「で、配役は？」

「もちろん、曾我十郎《じゆうろう》が右団次、曾我五郎《ごろう》が左団次、そして、立役《たちやく》の工藤祐経《くどうすけつね》が団之助という役回りですよ」

「まあ。それで、大津絵道成寺は、どなたがおやりになるんです？」

「もちろん、左団次です。左団次が、藤娘《ふじむすめ》、鷹匠《たかしよう》、座頭《ざとう》、船頭《せんどう》、鬼の五役を一人で早変わりして踊るそうです」

「まあ。それは楽しみだわ。女将さん、ぜひぜひ、当日の席をお願いします」

「はい。承知しております。伊勢屋さんには、一番のいい桟敷席をご用意してあります。お節《せち》料理と下《くだ》り酒の一番いいお神酒《みき》もご用意します。……」

女将とお嶺は、楽しそうにお喋りを続けていた。二人の間で、お幸はあいかわらず俯いたまま、黙していた。

まかしょと的屋の荒くれ者の斬り合いに巻き込まれ、危うく斬られそうになったことが、よほど恐かったのか。

元之輔は、軀を張ってお幸を助けた町奴に、お幸は見覚えがあるのではないか、という気がしてならなかった。

的屋の荒くれ者に斬られた町奴が逃げ去った後、お幸はかすかに何かを呟いていた。

「しんさん……」

そんな人の名だったように、元之輔は思った。

五

その年は何事もなく暮れ、新しい年になった。

元之輔は、田島とともに、元旦に初詣《はつもうで》を済ませ、下女のお済《すみ》が用意してくれた雑煮《ぞうに》を食べた。心身ともにあらためて、お屠蘇《とそ》を飲んだ。

隠居生活の正月は、ほかにすることもない。元之輔は、手持ち無沙汰もあって、廊下の冬の日溜まりで陽なたぼっこをしたり、書架《しよか》に載せた黄表紙《きびようし》を読んだり、本所深《ほんじよふか》川《がわ》の径を散策したりして、のんびり過ごした。

正月三日の空模様は、からりと晴れ渡った上天気だった。冬にしては珍しく暖かな小春日和りだった。

湯島天神境内の片山座の初春興行は、満員御礼の賑わいだった。小屋の前には、入れない見物客が押し寄せ、中から漏れ聞こえてくる三味線や太鼓の音、役者の大口上や台詞に聞き耳を立てていた。

芝居小屋の興行主も気前よく、役者が大見得を切る際には、大向こうの後ろにある垂れ筵を引き上げ、舞台の様子を外の客たちにも垣間見せた。大向こうの客たちは、贔屓の役者の屋号を大声で叫んでいた。

その日の桟敷席には、お嶺、お幸だけでなく、清兵衛の姿もあった。年の暮れは、師走の忙しさに追われて、芝居見物など叶わなかったが、正月三が日ぐらいは、伊勢屋も奉公人を家に帰し、店を休んだ。

お幸は、先日とは見違えるほどに、元気を取り戻していた。父親の清兵衛が一緒に芝居見物しているからだろう。

よく笑うお幸を見て、元之輔はほっと安堵《あんど》した。やはり、お幸は危うく的屋の荒くれ者に斬らせそうになったのが、よほど堪《こた》えたのに違いない。

元之輔は、先日の失敗に懲《こ》りて、今日は芝居見物に若党の田島結之介を同行させた。

さらに、田島の昔からの手下である渡り中間《ちゆうげん》の勘助《かんすけ》を呼び出し、芝居小屋の大向こうに紛れ込ませた。大向こうは、最低の木戸銭で入ることが出来る一幕見の立ち見席だ。

先日は、この大向こうに怪しい浪人者の姿があった。勘助に浪人者のおおよその風体を教え、それ以外にも怪しいと感じた浪人者がいたら、気付かれぬように監視しろ、と命じた。

芝居小屋の中は、詰め掛けた観客たちの熱気で、顔が火照《ほて》り、胸元が汗ばむほどだった。

舞台では、本日の人気の定番『寿《ことぶきそ》曾我対面《がのたいめん》』が演じられていた。茶屋の女将が言った通り、立役の工藤祐経は片山団之助、曾我五郎を左団次が、曾我十郎を右団次が演じていた。さらに、立女形《たておやま》の大磯《おおいそ》の虎、若女形の化粧坂《けわいざか》の少将、道化役の小林朝比奈《ひな》、実事《じつごと》の鬼王《おにおう》、敵役梶原景時《かたきやくかじわらかげとき》・景高《かげたか》父子など、片山座の役者を総動員した上、他座からも役者を借り出しての豪華絢爛な芝居が進行していた。

元之輔は田島とともに桟敷の後部に陣取り、清兵衛やお嶺、お幸を見守っていた。

芝居に気が取られそうになる度に、我《われ》を取り戻し、あたりの観客たちの動きに注意する。

その繰り返しも、次第に慣れてきて、芝居を横目で楽しみながら、あたりに気を配るのが苦痛でなくなってきた。

曾我兄弟が、仇《かたき》の工藤と対面するものの、その場で敵討《あだう》ちがなされる筋立てではない。曾我兄弟の我慢の胸のうち、仇の工藤の男意気が語られるのが、芝居の見所だった。

元之輔は芝居に引き込まれそうになったが、急いでキセルを銜《くわ》え、煙草を喫《す》って気を取り直した。

「御隠居、大向こうから合図です」

田島が元之輔に顔を寄せ、囁いた。

「なに」

元之輔は大向こうの黒々とした人だかりに目をやった。大向こうの立ち見席の背後の筵が少し引き上げられていた。明るい日差しが大向こうの人垣を背後から照らしている。そのため、人の顔は見えず、人影だけが見える。

中間《ちゅうげん》の勘助の影は、どれか、判らない。

「どこに……」

と言いかけて、元之輔は大向こうの筵幕の端で、何かがぴかりと光るのが見えた。手鏡の反射光だった。

「合図です。浪人者が一人、いや、二人いるようです」

大向こうの端で、ぴかり、ぴかりと二度光る。

元之輔は伸び上がり、大向こうに目を凝らした。急に大向こうの後ろの筵がさらに上がり、日差しが小屋に入った。背後の明るさのため、大向こうの観客たちの顔が暗くなった。

元之輔は目を凝らした。そのうちに、目が暗がりに慣れ、観客たちの顔や形が朧げにだが見えてきた。

浪人者の人影があった。それも二人並んでいる。右側の人影が頬の痩《こ》けた浪人者だった。腰に差した大刀一振り。鋭く光る目とともに浮かび上がった。激しい殺気が視線に籠もっている。

「居た。やつだ」

「居ましたか。では、それがしが」

田島が刀を摑み、立ち上がろうとした。

「待て。わしが行く。おぬしは、ここで伊勢屋一家を警固してくれ」

「しかし……」

「あの一本差しの浪人は、それがしを険しい目で見ている。わしに遺恨があるのかも知れない。直接会って確かめたい」

「分かりました」

田島はどっかりと腰を戻した。

元之輔は立ち上がり、大刀を腰に差した。

浪人者が、なぜ、伊勢屋のお嶺やお幸がいる桟敷を窺っているのか、あるいは、彼女らではなく、わしを睨んでいるのか、浪人者を捕まえて、直接問い質《ただ》す。

元之輔は、そう思い、桟敷から一階への階段を降りて行った。大向こうに行く通路も見物客で混み合っていた。

人波を掻き分け掻き分け、泳ぐようにして前に進む。無理に通ろうとすると、怒声が上がる。揉みくしゃになった老女や赤子を背に負ぶった女が、嫌な顔をする。

元之輔は「済まぬ。通してくれ」と片手で拝むようにして、先に進んだ。

ようやくにして、大向こうの席の端に辿り着いた。

暗い人波の中に、勘助を探した。だが、勘助の姿はなかった。ざんばら髪の浪人者の顔もない。

芝居では、曾我十郎、五郎が大見得を切っている。

その時、また大向こうの後ろの筵幕がゆるゆると引き上げられた。明るい日差しが一挙に大向こうに入って来た。

元之輔は手をかざし、人影を見回した。

ふと小屋の外の人影が、大きく手を振っているのに気付いた。勘助だった。

元之輔は人垣を掻き分け、大向こうの背後に出た。太い竹の仕切りを跨いで、小屋の外に出た。芝居小屋の若い者が客の出入りを見張っていたが、小屋を出る者を止めることはしない。

勘助が元之輔に走り寄った。

「御隠居、怪しい浪人者が二人、いやした。それから、小屋の外で、もう一人侍がいて、二人を待っていました」

「なに三人か。いま、どこに」

勘助は参道を指差した。

「参道を歩いて境内を出ようとしてます」

「よし、尾けろ」

「へい。合点《がってん》で」

勘助は着物の裾をたくし上げ、尻《しり》っ端折《ぱしょ》りして走り出した。

「先に行ってやす」

「うむ。見失うな」

元之輔も、腰の刀を押さえて、参道を小走りに走り出した。

勘助の足は速い。たちまち、大勢の物見客たちを追い抜き、人波に姿を消した。

元之輔が鳥居に駆け付けた時には、勘助の姿はどこにも見えなかった。

おそらく、勘助は言われずとも、浪人者たちを尾行しているのだろう。しかし、浪人者二人に、侍が一人とは、どういうことだ？

侍とは、おそらく浪人者の風体ではなく、旗本御家人か、どこかの家中の武家だというのだろう。

元之輔は、鳥居の前で腕組みをし、考え込んだ。

初めて大向こうの立ち見席に浪人者がいるのに気付いたのは、鋭い殺気を感じたからだった。浪人者の殺気は、桟敷席のお嶺やお幸たちにではなく、二人を護衛する自分に向けられた邪気だったのだろう。

おそらく浪人者は桟敷席の伊勢屋のお嶺やお幸を狙って、何らかの企《たくら》みを抱いていたものの、後ろに控えた用心棒の自分に気付き、邪魔者めがと睨んでいたのに違いない。

それに対し、羅漢席にいた怪しい町奴は、桟敷に居るお幸たちを窺ってはいたが、ほとんど元之輔を気にしてはいなかった。

参道の先から太鼓を叩く音が聞こえた。

元之輔は、はっと我に返った。芝居の幕が下りた太鼓だ。

浪人者の仲間が、まだ芝居小屋に残っていたかも知れない。元之輔が出て行った隙をついて、その仲間たちが清兵衛たちに何かをする恐れがある。

元之輔は、急いで参道を駆け戻った。

芝居小屋から、ぞろぞろと観客たちが出て来る。初めは立ち見席の客だ。一階の枡席や二階の桟敷席の客は、その後になる。

元之輔は小屋の木戸口の前に立った。

出て来る人の流れに逆らって小屋に入るのは、かなり難儀だった。次第に人の流れは緩やかになり、芝居茶屋の番頭に案内された桟敷客たちになった。

何事もなければいいが、と元之輔は腕組みをし、清兵衛たちが出て来るのを待った。

やがてだるま屋の番頭に導かれた清兵衛たちが木戸に現われた。お嶺もお幸も顔を綻ばせ、知り合いの商家の女性たちとお喋りをしながら出て来た。

元之輔は彼らに何の異状もない様子に、ほっとした。彼らの後から若党の田島が姿を見せた。

元之輔は田島に寄り、小声で訊いた。

「何かあったか?」

「いえ。何も」

「よかった。うっかり油断した」

「勘助はどうしました?」

元之輔は田島にうなずいた。

「いま、浪人者たちを尾けている。浪人者たちは、どうやら三人だ」

「二人でなく、三人ですか?」

「外にもう一人、待っていたらしい」

「何者ですかね」

「勘助が行き先を突き止める。そうなれば、何か分かるだろう」

元之輔は田島と並んで歩き出した。

番頭に先導された清兵衛たちは、芝居茶屋の町に向かった。

六

その日、勘助が本所にある元之輔の隠居屋敷に戻って来たのは、夜四つ（午後十時）を過ぎてからだった。

勘助は疲れ果てた顔をしていた。相当に歩き回った様子だった。

「実は、腹ぺこでやして。もうぶっ倒れそうでやす」

「そうか。ご苦労だった」

元之輔は、下女のお済に夕飯の支度をさせた。

元之輔も田島も芝居茶屋で、たらふく食べたので、勘助が空《す》きっ腹で歩き回っていることに気付かなかった。

勘助は、お済が用意した茶漬けを何杯もお代わりし、腹に掻き込んだ。三杯を食べた後、ようやく落ち着いたらしく、見てきたことを元之輔と田島に報告した。

「三人は、湯島天神を出ると、西に向かって歩き出しました。いくぶん人通りが多い道だったので、尾けやすかったんですが、加賀《かが》様の屋敷の角を右に折れたあたりから難しくなったんで。加賀藩邸の長い塀に沿って、ぞろぞろと北へ向かったのです」

「うむ。それで」

「武家屋敷沿いの道は人通りが少なく、尾けるのに苦労しました。道の両側が築地塀《ついじべい》になり、その間の道は遠くまで見通せる。しかも、まだ日が暮れない真っ昼間でやすから、尾行しているとなると、すぐに気付かれる」

「うむ」

「それで、かなりの距離を空けて浪人たちの姿が角に隠れると、大急ぎでその角まで駆け付ける。そんなことを何度かやっているうちに、浪人たちをいったん、見失ってしまったんです」

「さようか。それで、どうした？」

「姿が消えたあたりの見当をつけ、ゆっくり戻り、折れた路地の一つひとつを丹念に調べたんです。すると、ある武家屋敷の裏木戸から、浪人者の一人が出て来たんです。それで、あ、この武家屋敷が、あの侍の屋敷なのだな、と分かりました」

「そうか。その屋敷は、誰の屋敷なのか？」

「それは分かりません。門前に表札も何もありませんから」

「その屋敷近くに目印になるような神社とか稲荷《いなり》社はなかったのか？」

「はい。ありました。それは抜かりなく調べてあります。だから、御隠居を案内出来ます」

「うむ。それで、その出て来た浪人者というのは、どちらだ？　目が鋭い、痩せ形の人相が悪い男か？」

「いえ。人相が悪くない、一見、おとなしそうな浪人者です」

「では、その屋敷に残ったのは、鋭い目付きの浪人者の方だな」

「へい。そうだと思いやす」

「で、出て来た浪人者の後は尾けたのか？」

「へい。今度は日が暮れて、薄暗くなったので、尾けるのは楽でした」

「で、浪人者は、どこへ行った？」

「神田明神近くの瓢箪《ひょうたん》という居酒屋でした。あっしは知らぬ顔で居酒屋へ入ったら、その浪人者は仲間らしい浪人たち三人と酒を飲み交わしていました。

「話は聞けたか？」

「いえ。近付くと、尾けていたのがばれそうだったので用心して、離れて飲んでいました。ですが、仕事につけそうだ、と尾けていた浪人者は大声で笑っていました。それで、ほかの浪人たちが、自分も売り込んでほしい、と頼んでいました」

「そうか。それから？」

「浪人たちは、支払いを済ますと、店を出て行ったんです。それで、あっしも店を出て、最初に尾けた浪人者の後を尾けたんです。他の浪人たちと別れてしばらく行ったら、狭い路地に入ると、くるりと振り向いた浪人者は刀を抜き、なぜ、拙者を尾けて来る、と言い、あっしを斬ろうとした。あっしは仰天して、一目散にとんずらしやした」

「危なかったたな。しかし、よくやってくれた。ご苦労だった」

「御隠居、まだ話はあるんです」

「ほう?」

「へまをやってしまい、自分に腹が立ったから、このまま帰れないと、その居酒屋瓢簞に戻ったんです。もう客は誰もおらず、年寄りの店主が女房らしい女と、店仕舞いをしようとしていたんです」

「それで」

「一杯だけ、と言って卓台《たくだい》の樽《たる》に座った。それで、親父にも酒を勧めて、浪人者について訊いたんです」

「店主は知っていたか?」

「浪人者は、奥州《おうしゆう》のさる藩を脱藩した侍で、名前は笹川久兵衛《ささがわきゆうべえ》といい、仲間の話では、神道無念流《しんとうむねんりゅう》の遣い手だそうです」

「仲間？　何の仲間だ？」

「いえ。飲み仲間ってことです。どうやら、上野《うえの》の口入れ屋の紹介で、普請工事の人夫仕事をして知合った仲間らしい。いずれも、藩を出て、食いっぱぐれになった浪人たちだそうなんで」

「それで、笹川とやらは、飲み仲間とどんな話をしておったというのだ？」

「親父によると魚を焼きながら、聞くともなく聞こえて来た話だそうなんですが、笹川の腕を見込んで仕官の話が持ち上がっているそうなのです」

「どこかの藩が笹川を召し抱えるというのか？」

「藩なのか、あるいは幕府か、しかとは分かりませんが、笹川の話では、かなりしっかりした筋から話が来ていると言っているらしい」

元之輔は田島と顔を見合わせた。

「しっかりした筋というのは何だろう？」

「雇う相手の身元が、しっかりしているということではないですか？」

「たとえば？」

田島は急須に薬罐《やかん》の湯を入れた。

「加州《かしゅう》とか、薩摩《さつま》や会津《あいづ》とかの大藩。あるいは、徳川《とくがわ》親藩のどこか、ですかね」

田島は急須の茶を元之輔と勘助の湯呑み茶碗に均等に注いだ。

元之輔は熱い茶を啜りながら、勘助に尋ねた。

「で、勘助、瓢箪の親父は、笹川の仕事については、何か言ってなかったか」

「仕事については、ともかく、笹川は、ほかの浪人に尋ねていたそうです。おぬしらは、上司が誰か人を斬れ、と言ったら、躊躇《ちゅうちょ》せずに斬ることが出来るか、と」

「ほう。物騒《ぶっそう》な話だな。で、笹川の問いに対して、ほかの浪人たちはなんと言っていた?」

「みんな冗談だろう、と言って笑ったそうです。浪人の一人は、己れは上意討ちの藩命が出たので脱藩した、と言ったそうです。なのに、またどこかの藩に雇われ、藩命で人を斬れなどと言われたら、断ると」

「うむ。それがまともな考えだな。笹川は、そういう答を聞いてなんとした?」

「店主の親父の話では、笹川は、そうだよな、と言って大笑いしたそうです」

「ほほう」

「それで笹川は仕官の話をお仕舞いにしたそうです」

「笹川は、仕官するのを諦めたのかな」

田島は頭を左右に振った。

「いえ、違うでしょう。笹川は、上の者が斬れと言ったら、誰でも斬るという男を探していたのではないですか。それで、そういう答をする者がいなかったから、誘いを引っ込めた」

「そうだろうな。笹川は、ほかでも、浪人仲間を捉まえて、同じような問いかけをし、仲間を募ろうとしておるのかも知れんな」

「ということは、笹川は、誰かの企みに協力しようとしていることになりますな」

「うむ。勘助、よくぞ、聞き込んだ」

「へい。これから、どうしますか?」

「勘助、おぬし、済まぬが、目付きの悪い浪人者が訪ねた武家屋敷が誰の屋敷か、中間仲間に聞き込んでくれぬか」

「へい。かしこまりました。あの周辺の武家屋敷に雇われた折助《おりすけ》に訊けば、どこの藩の誰の屋敷か、すぐに分かるでしょう。お任せください」

勘助はにんまりと笑った。

元之輔が田島に目配せした。田島はうなずき、懐から財布を取り出した。

「これは今日の駄賃だ。それから、明日からの資金にこれを渡しておく」

田島は財布から一両小判を取り出し、勘助に手渡した。

「へい、ありがとうございます」

勘助は小判を押し戴くようにして、懐に捩じ込んだ。元之輔は笑いながら言った。

「勘助、今夜は遅い。最近、本所深川も物騒になっている。ここに泊まって行け」

「へい。ありがとうございます」

「若党もな」

「はい。それがしも、そうさせていただきます」

「今夜は冷える。熱燗で温まろう」

元之輔は下男の房吉《ふさきち》を呼び、熱燗を用意するように言った。

どこかで、夜空を渡る鳥の声が聞こえた。

第二章　怪しの武家屋敷

一

正月が終わり、早くも本所深川では、梅見の季節になった。

隠居屋敷の庭に咲く寒梅も見頃になった。

湯島天神の境内でも梅が咲き誇っている。その中で、片山座の初春興行は、連日大盛況だった。演じられる曾我物や大津絵道成寺は、観客たちから大喝采を受けていた。

元之輔は清兵衛に乞われ、田島と一緒に、二日と置かずに、日本橋の呉服商伊勢屋に出掛けた。お嶺やお幸の新春興行の芝居見物に付き合う仕事である。

しかし、顔見せ興行以来、怪しい浪人者たちの姿はなく、また不審な町奴も姿を見せなかった。

毎日が何事もなく過ぎていくので、元之輔も田島も、あの浪人者たちや町奴はなんだったというのだろうか、と思うほどだった。もしかすると、まったくの勘違いだったのではないか、とさえ思う。

それにしても、たしかに芝居は面白い。お嶺たちが病み付きになるのも、分からないでもない。曾我物は何度見ても感激するし、大津絵道成寺ともなると、左団次の五変化の早業《はやわざ》の華麗さ、鮮やかさに見とれてしまう。

お嶺たちは投げ銭が乱れ飛ぶ小芝居の庶民的な雰囲気を好んでいた。二人は何より片山座の花形役者左団次と右団次、団之助を贔屓にしていた。

その小芝居も正月興行が終わると、休みに入り、少し間を開けて二月興行になる。幕府のお達しで、宮地芝居は短期間しか興行が許されておらず、大芝居のように常設館での長期興行はままならないのだ。

江戸で興行が出来ない小芝居の片山座をはじめとする劇団は、それぞれ、その間は地方を巡業して稼ぐ。いわゆるドサ回りである。

小芝居の興行がないと、お嶺もお幸も、あまり外を出歩かない。そのため、清兵衛からは御呼びがかからず、元之輔の用心棒稼業は開店休業状態だった。

もっとも、それでも清兵衛から待機料として、元之輔たちに一日一分が支払われるという約束になっていた。元之輔は、何もせずに、待機料を頂くのは申し訳ない、と清兵衛に断ろうとしたが、間に立った口入れ屋の扇屋伝兵衛との契約で、そうなっていると言われた。元之輔が清兵衛に断れば、伝兵衛の口入れ稼業の邪魔をすることになる。

清兵衛としては、常時、お嶺やお幸の傍に付いていなくても、いつでも呼べる用心棒として、元之輔たちがいるのが、心の拠りどころなのだろう。そう考えて、元之輔は素直に待機料を頂くことにした。

元之輔は廊下の日溜まりに将棋盤を持ち出した。

「田島、久しぶりに一局、どうだ?」

田島はにやっと頬を崩した。

「いいですよ」

田島は、なぜか、将棋が異常に上手い。江戸家老時代から、何度となく対局したが、元之輔は勝った記憶があまりない。だいたいが、途中で仕事や来客などの邪魔が入り、元之輔はそれを口実に対局を中断して席を立つことが多かったからだ。そういう時は、決まって元之輔の形勢が良くなかった。だから、負けた記憶もあまりない。

「御隠居、今日こそ決着をつけましょう」

田島はそう言いながら座布団と火鉢を用意した。二人は向き合って座布団に座ると、さっそくに将棋の駒を並べた。

「新春初対局だな」

「いえ。正月二日目にも対局しました」

「さようか？　やったかのう」

元之輔は訝った。覚えがない。

「それがしが王手飛車取りをかけた時、伝兵衛が来て……」

「ああ、そうだったか。忘れていた」

「それで、結局、対局は流れて……」

「おう、そうだったな。惜しいところで中断したな」

元之輔は先手で歩《ふ》を進め、角道《かくみち》を開けた。

田島も歩を上げ、角道を開いた。元之輔は、すかさず、角で角を取り、成り駒にする。田島はにやつきながら、銀で成り駒の角を取った。元之輔は振り飛車で応じ……。

「お、新手《しんて》ですな。御隠居」

「へぼは承知。たまには変わったことをやってみないとな」

元之輔も田島も早差しだった。序盤は、二人とも思いつくままに駒を動かし、己れの陣形を作る。

早差しの応酬が進み、ようやく落ち着いた。

元之輔は腕組みをし、盤面上の駒を睨んだ。

「田島、あの浪人者たちだが、なぜ、お嶺たちを狙うのだ？」

「何が狙いか、と言えば、金でしょうな」

「拐《かどわ》かして、身代金《みのしろきん》か？」

元之輔は玉《ぎょく》を右辺に動かした。田島は歩を衝いた。

「金のほかにありますか？」

「田島、おぬしが清兵衛の立場だったら、どう思う？　女房や娘が狙われているとしたら」

「居ても立っても居られませんな。いつも、用心棒を女房娘たちに付けて用心するでしょうな」

「それが普通であろう？」

「そうでございますな」

「たとえ、女房娘が嫌がっても、常時、用心棒を傍に張り付かせて、万一に備える。

だが、清兵衛は、妙に落ち着いていて、女房娘の芝居見物や初詣などに出掛ける時にしか、わしらを呼ばない。変だと思わぬか？」

「たしかに」

田島は駒を動かした。元之輔は、それに応じて守りを固めた。

「清兵衛は、浪人者たちについて、何の心当たりもない、と言っていた」

「はい。そうでございましたな」

「もしかして、清兵衛は何か事情を知っておるのではないか」

「清兵衛は、浪人者たちのことを知っているのではないか、というのですか？」

「うむ。知らずとも、清兵衛は何か、わしらに話さぬことがあるのではないか」

「隠しているというのでござるな」

田島は、角の駒をびしりと音を立てて打った。

「御隠居、王手飛車取りでござる」

「いや、待て。考え事をしているうちに、うっかり見逃した、待ってくれ」

「待てませぬ」

「頼む。一瞬油断した。一手《いって》待ってくれ」

「なりません。だめです。たとえ、雷が落ちようと、日が西から上がろうと、打った駒を戻すわけにはいきません」

「ふううむ。どうしてもだめか」

元之輔は腕組みをして唸った。

飛車を取られたら、次は金が取られ、銀も取られて、玉の行く先々で敵の駒が待つ。

「御免なすって」

中間の勘助の声が庭先に起こった。

元之輔はほくそ笑み、庭に目をやった。勘助が生《い》け垣《がき》の木戸を開けて、入って来る。

「おう、勘助。いいところに参った。それで、何か分かったか」

勘助は、中間仲間にあたり、浪人者たちが入った屋敷について、引き続き探りを入れていた。

元之輔は盤上の駒を崩そうとした。その前に、田島はそっと盤を持ち上げ、元之輔の手が届かぬ場所に移動させた。

「ううむ」

「続きは、この後で」

田島はにやっと笑った。

元之輔は渋々言った。

「いやもういい。わしの負けだ。詰んでいる」

「さすが、御隠居、男らしい」

田島は朗らかに顔を綻ばせた。勘助は元之輔の前に立った。

「おっと。まずいとこに来ちまいましたかね」

「いや、いい。勝敗は時の運だ」

元之輔は苦々しく言い、負けを認めた。

田島は盤上に両手を延ばし、駒をごちゃごちゃに掻き集めて木箱に駒を入れた。

「で、勘助、何か分かったか」

「御隠居様、例の屋敷について、面白いことが分かりましたぜ」

「何が分かったのだ？」

「あの屋敷は化物《ばけもの》屋敷だってんです」

「なんだって、化物屋敷だと？」

元之輔は田島と顔を合わせて笑った。

「へい。あっしも、そんな馬鹿なと」

「いったい、誰から、そんな話を聞いたのだ？」

「あっしが中間仲間に、あの屋敷について、何か知っているかと尋ねたんでやす。そうしたら、ダチの野郎、笑いやがった。あの屋敷は空き家のはずだって。化物が出るってんで、空き家になっているってんで」

「なに、空き家？　それも化物が出るだと？　勘助、おまえ、そんな馬鹿話を信じたのか」

　田島が呆れた声を立てた。

「いえ。あっしも、もちろん、信じやしませんぜ。だから、嘘だろうって、人を馬鹿にするのもいい加減にしろって。ほかのダチにも聞いて回ったんです。そうしたら、その連中も、うそじゃねえ、あの屋敷は空き家だ、いまは誰も住んじゃいねえ、と口を揃えて言いやがるんです」

　元之輔は首を傾《かし》げた。

「しかし、おぬしは浪人者たちを尾行した時、たしかに、その屋敷に入ったのを見ているのだろう？　そして、笹川という浪人者が出て来て、おぬしは危うく斬られそうになった、と」

「そうでやす。あっしが三人を尾行した時、たしかに、あの屋敷の付近で消えたんですよ。そして、笹川って浪人者だけが屋敷の裏木戸から出て来て、あとの二人は屋敷に残った。その後、その二人は、どうしたかは分かりませんが、少なくても空き家じやなかったと思いますよ」

勘助は、自信ありげに頷いた。

元之輔は訊いた。

「いったい、誰の屋敷だったのだ?」

「中間仲間の話では、四、五年前までは、信州松平家《しんしゅうまつだいら》の親族の別宅だったらしいんで」

「信濃上田藩《しなのうえだ》の松平家か」

「へい。そうらしいんで」

信州松平家は徳川家に繋がる親藩で、老中を出している名家でもある。

「ですが、その屋敷を使っていた親族の方がお亡くなりになり、いま屋敷は使われずに空き家になっている。そのため、屋敷は荒れ放題に荒れ果てたが、三年ほど前に、どういう経緯があったのか、突然、大工や人夫が大勢敷地に入り、屋敷が修繕修復されて、一時、人が住んだらしいんですが、また住まなくなって、いまに至っているそうなんで」

「手入れしたのに、屋敷に誰も住まないというのか?」

「おそらく松平家の誰かが入る予定だったのでしょうけど、何かの事情があって使われず、空き家になったのでしょう」

「ふうむ。せっかく手入れしたというのに、留守居役もおらぬというのか。勿体ないのう」

　元之輔は田島と顔を見合わせた。

「それにしても、その屋敷が、なぜ、化物屋敷呼ばわりされたのだ」

　勘助はちょっと言い淀んだ。言った方がいいのか、言わぬ方がいいのか、迷った様子だった。

「中間仲間たちによれば、月夜の晩に、人が住んでいるはずのない屋敷から、三味線の音、女の忍び笑い声や泣き声が聞こえて来るんだそうです」

「…………」元之輔は田島と顔を見合わせた。

「それから、人けない屋敷の暗がりに、いくつもの人魂《ひとだま》がふらふらと舞い上がって……」

　勘助は話しながら、ぶるぶるっと身震いした。元之輔は子どものころ、在所の田舎で闇に揺らめく青白い人魂を見たことがあった。それを思い出し、背筋に寒けを覚えた。

「で、朝になって見ると、屋敷には誰もいない。屋敷はしんと静まり返っているんだそうで。武家門の門扉《もんぴ》は堅く閉じられたまま、人が出入りした形跡もないというんです」

田島が笑った。

「おいおい、勘助、いい加減にしろ。夏ならともかく、いまは真冬の寒い二月だぞ。怪談話は、まだ早すぎるぞ」

「あっしも、そんな話をする折助たちを馬鹿にして笑い飛ばしたんです。それで、物はためしにと、月夜の晩に、その屋敷の様子を見に行ったんです」

「ほう。それで」

元之輔は煙草盆を引き寄せ、キセルに莨を詰めた。キセルを火鉢の炭火にかざして煙を吸った。

「出たんでさ」

勘助はぶるぶるっと身震いした。

「何が?」

「人が居るはずがない屋敷から、けたたましい女の笑い声が聞こえたんでさ」

「……ふうむ。女の笑い声ねえ」

「それに三味と太鼓の音もしやした」

元之輔は、また田島と顔を見合わせた。

「それで、あっしは足を止め、塀の壁に寄って耳を澄ましていたんでやす。そうしたら、ふと見上げたら築地塀の瓦《かわら》屋根の上に白いお化けがいたんで。傍らを人魂がふわりとふわりと飛び交っていた。驚いて見ているうちに、白いお化けがふわりと道に降りたんで」

「白いお化けだと？」

元之輔はキセルを銜えた。

「へい。顔も何も、まっしろけのお化けで、あっしを指差し、女の声で『見たな』と言いやした」

「女の声がしたのか？」

「へい。それもおっそろしく冷たい声だったんで、あっしは背筋に氷の欠片《かけら》を入れられたような感じがして、後も見ずに一目散に逃げやした」

「……ううむ」

元之輔はキセルを吸った。田島はにやつきながら言った。

「それで屋敷の方は見なかったのか？」

「武家屋敷は高い築地塀で囲まれていやすんで、高い木か塀の上によじ登らないと屋敷は覗けねえんでやす」

勘助は肩をすくめた。元之輔が訊いた。

「月明かりで、白いお化けの正体が分かったのではないか」

「月といっても、三日月でして、雲に隠れたり、出たりして、あたりはかなり暗かったんでやす」

「面白いな」元之輔はキセルの火種を火鉢にぽんと落とした。

「御隠居様、面白いなんてもんじゃないですぜ。怖《こえ》えったらありゃしねえ。あっしは、化物と、古女房のかかあが苦手でやしてね」

勘助は思い出したらしく、ぶるぶると身震いした。元之輔はもう一度、勘助に確かめた。

「あの浪人者たち三人は、たしかに、その化物屋敷に入ったのだな」

「へい。間違いありやせん」

元之輔は田島に言った。

「わしらも、これから、その屋敷に行ってみようではないか。浪人者たちが出入りしているとすれば、彼らの素性も分かるかも知れない」

「そうでございますな」

「その上で、笹川という浪人者を捜し出し、問い質してみよう。勘助、わしらを案内いたせ」

「へい。これからですか」

　勘助は少しばかりおどおどした。

「勘助、大丈夫だ。明るいうちなら、化物も出まい。安心いたせ」

　元之輔は笑いながら言った。田島もにやつきながら付け加えた。

「もし、化物が出たら、御隠居が退治してくださる。心配するな。ただし、おぬしの女房が出て来たらだめだ。三十六計逃げるしかない」

「へい。あっしも、かかあが出て来たら真っ先に逃げます」

　勘助は頭を掻いた。

二

　問題の武家屋敷は加賀江戸藩邸と道を挟んだ向かい側の武家屋敷街の中にあった。

　加賀百万石の藩邸は広大な敷地を誇っており、道を挟んだ向かい側の武家屋敷は、いずれもこぢんまりとしている。

先に立って歩く勘助の後を、元之輔と田島はゆっくりと付いて歩いた。

昼日中《ひるひなか》だというのに、武家屋敷街の通りはほとんど人の往来もなく、日溜まりの中、静まり返っていた。穏やかな日和《ひより》だが、やはり北から吹き寄せる木枯らしは凍《い》てつくように冷たかった。

元之輔は懐手《ふところで》をし、加賀藩邸の長い築地塀を見やった。かなり先に供を連れた侍の姿があるだけだった。

やがて加賀藩邸の築地塀は終わり、道は三叉路《さんさろ》になった。勘助は振り向き、右手の路地に行くという仕草をした。

三叉路の真ん中に番屋があったが、障子戸が閉まっていた。番人がいる様子はなかった。

「この先でやす」

勘助は右手の路地に入った。左側は寺の境内で松の木立が道に枝を延ばしていた。右側には塀に囲まれた武家屋敷の門が四つ並んでいるのが見えた。

一番手前の武家門の脇の通用口から、風呂敷包みを抱えた商家の男が出て来た。男は門番に腰を低めて頭を下げていた。

門番は労《ねぎら》いの言葉をかけ、通用口の木戸を閉めた。男は門番に頭を下げると、踵《きびす》を返して、そそくさと歩きはじめた。男は元之輔とすれ違うと頭を下げ、急ぎ足で本郷《ほんごう》の方へ歩いて行った。

勘助は二番目の武家門の前を素通りし、三番目の武家門の前に立ち止まった。

道の突き当たりには、寺院の境内が見えた。向かい側は、神社の境内で、その先に武家屋敷が並んでいる。

「御隠居様、この屋敷です」

勘助は武家門の通用口の戸を開けようとした。だが、扉は固く閉じられていた。門に設《しつら》えてある物見窓は閉じられていた。門番がいる気配はない。

「御免なすって」

勘助が大声で言い、門の通用口の戸をどんどんと叩いた。

「頼もう、頼もう。誰か、おらぬか」

田島も大声で言い、扉を叩いた。しばらく耳を澄ます。だが、門の中からは何の返答も人の気配もなかった。

「誰も出て来ませんな」

「うむ。やはりたしかにおらぬか」

元之輔はうなずいた。

「勘助、屋敷の周りを見てみよう」

「へい」

「どこかに裏木戸があろう」

「へい、横手にあります。あの浪人者達が出入りしていた裏木戸でやす」

「うむ。横手へ回ってみよう」

元之輔は武家門を通り過ぎ、築地塀に沿って道を歩きはじめた。また勘助が先に立って歩く。

塀の壁のところどころに、ひび割れが入っていた。屋根の軒には蜘蛛《くも》の巣が張っていたり、瓦が外れて落ちそうになっていた。長年の風雨に耐えた跡だった。あまり手入れがされていない。

空き家の築地塀が切れると、細い路地の入り口があった。細い路地を挟んで、築地塀と隣の武家屋敷の築地塀とが向かい合っている。

勘助は築地塀と築地塀の間の細い路地に入り、先へ進んで行く。路地には、両側の敷地に立つ欅《けやき》や松の木が枝を延ばし、日差しを遮っていた。

細い路地の中程に裏木戸があった。勘助がそこで足を止めた。

「怪しい浪人者ときちんとした身形《みなり》の侍は、この木戸を開けて、この屋敷へ出入りしていたんでやす」

勘助は木戸を押したが、閂《かんぬき》が掛かっているらしく、木戸はびくとも動かなかった。

「どれ」

田島も確かめるように木戸を押したが、やはり開かない。

「ほかに裏木戸はないのか？　この先は」

元之輔は細い路地の奥を見た。

勘助は頭を左右に振った。

「この奥は水戸様の屋敷の築地塀です。裏手には回れません。裏口といえば、この裏木戸だけです」

「そうか。行き止まりになっておるのか」

元之輔は、路地の向かい側の築地塀を見やった。

「それで隣の屋敷は誰の屋敷だ？」

「さあ。分かりません。後で調べておきやす」

田島が元之輔に向いた。

「御隠居、どうしますか？」

元之輔は細い路地の入り口に目をやった。誰も見ていない。

「せっかく、ここまで来たのだからな」

元之輔は築地塀の屋根を見上げた。

「勘助、おぬし、塀を越えて庭に入り、木戸の閂を外せ」

「いいんですかい？」

「化物の正体を確かめるためだ。行け」

勘助は築地塀を見上げた。

「何か踏み台があれば、屋根に取り付けるんでやすが」

「よし。わしの肩を踏み台にしろ。勘助、乗れ」

元之輔は屈《かが》み込んだ。勘助は困った顔になった。田島が笑って元之輔を止めた。

「御隠居、踏み台には、それがしがなります。勘助は、ご老体を踏み台にするのは、恐れ多いと」

「へい、そうでやす。勿体ない」

勘助は頭を掻いた。田島が腰を屈めた。

「勘助、遠慮するな。拙者の肩に足をかけろ」

「では、田島様、御免なすって」

勘助は腰を屈めた田島の肩に、身軽に乗った。田島は勘助を肩に乗せたまま、ゆっくりと立ち上がった。

勘助は築地塀の壁に手をつきながら、田島の両肩に立ち上がった。田島の軀がふらついた。

「よし。わしが支える」

元之輔が田島の軀を支え、ふらつきを止めた。勘助は築地塀の棟に両手を伸ばしたが、いま少しで届かない。

「もうちょっとでやす。なんとか、両足を持ち上げてくれませんかね」

勘助は背伸びしながら言った。

「よし。持ち上げるぞ」

田島は元之輔に声をかけた。

「御隠居、一、二、三で、右足を持ち上げてください。拙者は左足を」

田島は、そう言うなり、一、二、三の掛け声とともに、肩の上の勘助の左足を手に持ち直し、ぐいっと上げた。元之輔も、急いで勘助の右足を摑み、気合いを入れて、持ち上げる。一瞬、勘助は両手を伸ばし、棟の冠瓦《かんむりがわら》に手をかけた。

「よっしゃ」

勘助は棟に手をかけ、よじ登る。田島と元之輔が勘助の足裏に手を当て、ぐいっと押し上げた。勘助は棟を手がかりに、屋根の上に上がった。

「もう、でいじょうぶでさ」

勘助は身軽に築地塀の屋根を越え、姿を消した。やがて、裏木戸の閂が外れる音がした。

木戸が開き、勘助が顔を覗かせた。勘助はびくついていた。田島が細い路地の出入口を窺った。誰もいない。

元之輔は素早く木戸を潜《くぐ》り、邸内に入った。田島が続き、木戸を閉めた。

草茫々の庭だった。屋敷は古色蒼然《こしよくそうぜん》と建っていた。一度、修繕された後、ほとんど使われていない様子だった。

大きな屋敷だった。母屋《おもや》を中心に三、四棟の家屋が連なっている。軒下や雨戸、床下には無数の蜘蛛の巣が張っている。

裏木戸から屋敷の勝手口に、人に踏まれた草の跡が、けもの道のように伸びていた。

田島が先に立ち、元之輔が続いた。勘助は二人の後から付いて来る。

勝手口の戸は閉まっていて開かない。心張り棒が戸に掛かっている様子だった。

「田島、勘助、三人一緒に固まっていても仕方がない。手分けして、どこか、屋敷の周りを見て回ろう」

田島はうなずいた。

「そうですな。では、それがしは、右回りに裏手から見て回ります。勘助、おぬしは表から回れ」

「へい。あっし一人でですか」

勘助はもじもじしている。

「当たり前だ」

田島が呆れた。元之輔は笑った。

「勘助、わしが一緒に回ろう。安心いたせ」

「へい。ありがとござんす」

勘助はほっと安堵の顔になった。

田島が勘助をどやしつけた。

「勘助、まだ日暮れには間がある。化物は夜出るもんだ。男だろ。しっかりしろ」

「へい」

勘助は姿勢を伸ばして、頭を掻いた。

「では、それがしはこちらから」

田島は勝手口から屋敷の裏手に回って調べはじめた。

元之輔は勘助を伴い、庭先に出た。勘助が照れたように言った。

「あっしが先に行きやす」

屋敷の表側は、池や築山《つきやま》のある庭園だったが、あちらこちらに枯れ薄《すすき》の叢《くさむら》が広がっていた。白洲《しらす》だったところも雑草に覆われていた。

庭に面した長い廊下には頑丈そうな雨戸が立ち並んでいた。勘助が雨戸の何枚かを揺すり、少しでも開きそうな箇所はないかと探したが、いずれも雨戸はしっかりと戸締まりがなされていた。

「何も怪しいことはねえですね」

勘助は笑いながら言った。

元之輔は軒下沿いに屋敷を見て回った。

屋敷は何棟もの家屋が廊下で繋がった造りになっていた。屋敷の内部には、かなりの数の座敷があると思われた。

築山の背後から流れる滝は涸《か》れて止まっていた。池の傍に設えてある鹿威《ししおど》しの竹筒は、身動《みじろ》ぎもしないで佇んでいた。

空に羽撃《はばた》く音がした。七、八羽の鴉《からす》が庭の葉を落とした木々の枝に止まった。元之輔たちに、カウカウと威嚇《いかく》の声を上げた。

「ち、薄気味わりい鴉たちだな。あっち行け」

　勘助は小石を拾って鴉に投げた。だが、鴉たちは逃げもせず、かえって大声で鳴き喚いた。

　庭園は丈の高い竹柵の垣根で仕切られていた。垣根には木戸があった。

　元之輔は木戸を押し開け、庭の外に出た。そこから先は砂利道となって玄関先の小さな空き地に繋がっていた。

　砂利道は表の武家門にも通じていた。武家門にある番小屋には、やはり人影はない。

　勘助は玄関先に駆け寄り、戸に手をかけた。戸は心張り棒が掛けてあるらしく、びくとも動かなかった。

　玄関前の空き地の向こう側には、また竹柵の垣根があった。垣根には木戸はなく、竹柵を回り込めば、また庭に出る。

　母屋の棟から続く家屋が庭に面して建っている。こちらの家屋の雨戸も閉じられたまま、連なっていた。

　こちらの前庭も荒れ果て、草茫々になっていた。庭には何本もの樹木が立っていた。樹木の陰に棟割り長屋が見えた。こちらも人の気配はない。

　庭先の草だらけの地面に目をやった。人の歩いた跡はない。

元之輔は雨戸が立てられた棟の先に目をやった。こちらも屋敷に出入りする戸口はない。

裏手を回った田島が、そろそろ現われてもいい時分だった。

「勘助、こっちから裏手に行き、田島を呼んで来い」

「へい」

勘助は尻っ端折りし、ひょこひょこと駆けて行った。

元之輔は腕組みをした。

どこにも屋敷に出入りした形跡がないとなると、浪人者たちは、どうして、この屋敷に入ったというのか？

もしかして、そそっかしい勘助が勘違いし、ほかの屋敷と、この屋敷を見間違ったのかも知れない。

この付近には武家屋敷がたくさんあり、どこも似たような築地塀に囲まれている。

一つ路地を間違えば、まったく別の屋敷だ。

背後の玄関先の方角から、人がばたばたと走る気配がした。

「御隠居様、ていへんだ、ていへんだ」

勘助の叫び声が聞こえた。

「どうした、勘助」

勘助は竹柵の木戸を押し開き、玄関先を駆け抜けて来た。

「田島様がどこにもいねえんだ。消えちまったんだ」

勘助は息急《いきせ》き切って、元之輔の前にへたり込んだ。

「そんな馬鹿な」

「きっと神隠しにあったんだ。裏手に回ったら、田島様がどこにもいねえんだ」

「おぬし、どこかで見逃したのではないのか？」

「いいえ。そんなことはねえ。物陰や家の陰も見たけど、どこにも、田島様の姿はなかったんで」

「勘助、びくつくのも、いい加減にしろ。そんな……」

馬鹿なと言おうとして、元之輔は言葉を止めた。

カーンという甲高い鹿威しの音が響いた。

滝が落ちる水音も聞こえる。

勘助がぶるぶるっと身震いした。

木々の枝に止まっていた鴉たちが一斉に羽撃いて空に飛び上がった。

元之輔は急いで玄関先に戻り、さっき通った竹柵の木戸を開けた。

いつの間にか築山の後ろの岩場から、細い滝の水が飛沫《しぶき》を上げて滝壺に落ちていた。水は小さな川になって池に流れ込んでいる。

流れの一部が分流となり、鹿威しの太い竹筒に流れ込み、規則正しく、竹筒が岩を叩いていた。

さっきまで滝は涸れていたというのに、どういうことなのだ？

「御隠居様、やっぱ、この屋敷は化物屋敷ですぜ。なんか変だ」

勘助が恐る恐る元之輔に声をかけた。

元之輔は振り向き、勘助に言った。

「付いて来い。田島を探す」

元之輔は足早に玄関先に戻り、草茫々の庭に走り込んだ。後から勘助がばたばたと足音を立てて付いて来る。

田島の身に、何かあったのか？

田島と反対回りに屋敷を巡れば、いやでも田島に遭うはずだ。遭わないとすれば、裏手のどこかで、何かが起こったことになる。

母屋に隣接する家屋も雨戸は閉じられたままだった。

その家屋を回り込むと、高床式の渡り廊下があった。離れの家屋と結ぶ廊下だ。人が屈《かが》んで潜《もぐ》れば床下を通ることが出来る。

元之輔は渡り廊下の戸口に目をやった。扉が半開きになっていた。

勘助が小声で言った。

「御隠居様、さっき通った時には開いてなかったでやす」

「田島、どこにいる！」

元之輔は怒鳴った。

返事はなかった。

元之輔は渡り廊下によじ登った。勘助も続いて登った。

離れの方を見た。離れの戸口は閉まったままだった。

元之輔は半開きの戸口に歩み寄った。戸に手をかけ、引き開けた。どこかで戸が引っ掛かり、すぐには開かない。無理遣り、引き開け、廊下の中を窺った。

廊下には雨戸の隙間から射し込むわずかな明かりだけで、薄暗かった。廊下の先は暗くて朧にしか見えない。

「田島、どこにいる？」

元之輔は、もう一度声をかけた。

気配を窺った。勘助が囁いた。

「誰もいねえですね」

「シッ」

元之輔は勘助を黙らせた。廊下の先に、かすかに人の気配がある。

田島なら返事をするはずだ。返事をしない、ということは……。

元之輔は雪駄《せった》を脱ぎ、戸口に置いた。

「御隠居様、どうなさるんで？」

勘助が不安そうな声で訊いた。

「恐ければ、ここにいろ」

元之輔は言い置き、腰の刀を押さえながら、摺り足で廊下を進み出した。

勘助も雪駄を脱ぎ、恐る恐る付いて来る。

雨戸の反対側の襖は閉じられたままだった。

元之輔は近くの襖の引手に手を掛けて引いた。襖は静かに開いた。

真っ暗だった座敷が廊下からのほのかな明かりに照らされ、朧に浮かび上がる。

後から勘助が元之輔の軀にすがった。

十五畳ほどの座敷はがらんとしていた。人影はない。床の間に、山水画の掛け軸が架かっていた。大きな花瓶が床の上に置いてある。

ほかには何もない。

元之輔は勘助を後ろに連れながら、隣の部屋の襖の引手に手をかけた。襖は音もなく開いた。やはり十五畳ほどの座敷があったが、何の調度品もなく、人けもない。

次の間の襖を開けた。その座敷は十畳ほどの部屋だったが、そこにも何もない。

元之輔は突き当たりの襖に寄り、引手に手をかけた。襖の背後に人の気配がする。

「勘助、用心しろ」

元之輔は一歩下がり、刀の鯉口《こいぐち》を切った。

勘助は後ろで息を呑んでいる。

元之輔は襖をさっと開けた。刀の柄に手をやり、不意打ちに備えた。

そこは廊下だった。人影が立っていた。

「シッ。御隠居」

圧《お》し殺した声が囁いた。田島だった。

「誰か、居ます」

元之輔はほっと息をついて訊いた。

「どこに？」

「この先の厠《かわや》に」

田島の影は、廊下の先の暗がりを指した。

目が暗がりに慣れてくると、ぼんやりとだがあたりが見えてくる。

田島が指した先には厠の板戸があった。

「たしかか」

「はい。それも女の笑い声が」

「まさか。空耳では」

「……たしかに聞こえました」

「…………」

勘助が怖気《おじけ》づくのを感じた。元之輔も背筋がぞっとした。田島が囁いた。

「それがし、催したので、小便をしようと、厠の戸を開けようとしたのです。そしたら……」

「何と言ったのだ？」

「入ってます、お待ちください、と女の笑い声がしたんです」

「それで？」

「小便は止まりました」

「それから？」

「物音がするので、ここで待っていたんです」

「……………」

「そうしたら、御隠居たちの声がしたんです。でも、返事をすべきかどうか、迷っているうちに」

「その女は出て来ないのか」

「はい」

田島は小声で返事をした。勘助が背後から元之輔にすがった。

「御隠居様、幽霊ですぜ。早く、ここを出ましょう。やばいですぜ。幽霊と鉢合わせになるなんて」

「静かにしろ」

田島が勘助をたしなめた。

元之輔は厠の戸の引手に手をかけた。

「御女中、居るなら返事をしろ。開けるぞ」

返事はなかった。

「御免。失礼仕る！」

元之輔は戸を引き開けた。狭い廊下があり、右手に男用の小便器が三つ並んでいた。

天窓からの明かりが射し込み、座敷よりは明るかった。かすかに厠特有の臭いがする。

女の姿はない。

右手のさらに奥に厠の個室が二つ並んでいた。

「誰か、居られるのか」

田島が個室の戸を叩いた。

「御免」

田島は戸を開く。続いて、もう一つの個室の戸も開いた。女の姿はなかった。

左側は物入れの戸棚だった。田島が念のために、戸棚の戸を引き開けた。箒《ほうき》やはたき、雑巾《ぞうきん》の類がきちんと棚に並んでいる。

「やれやれ、よかった。お化けがいなくてよかった」

勘助がほっとした声を上げた。

「たしかに、声がしたんですがねえ。気のせいではなかった」

田島は首を捻った。

元之輔は鼻をひくつかせた。厠の臭気に混じって、かすかに化粧の匂いがする。たしかに女子が居た気配がする。だが、元之輔は黙っていた。田島と勘助を恐がらせることはない。

「やれやれ。やっと小便することが出来ます」

田島は、そう言いながら、男便所に立った。勘助も並んで立った。

「あっしも、気が抜けたら、急に小便がしたくなりやした」

元之輔は厠を出て、暗い廊下に立った。

厠から出て来た田島が笑いながら言った。

「御隠居、この廊下の先に、面白い部屋がありますよ。開かずの間らしいんで」

「開かずの間だと？」

「一応、よそ様の屋敷だから、あまり見て回るわけにはいかないでしょうが、普通の居間はないか、と探していたら、変な部屋があったんです。どうしても襖が開かない」

田島は先に立って廊下を歩いた。元之輔の後ろに勘助が続いた。田島は最初の角を曲がったところにある板戸の前に止まった。

田島が板戸の引手に手をかけ、開けようとしたが開かない。元之輔が代わって、開けようとしたが、中から心張り棒でも掛かっているのか、引き開けることが出来ない。

「ほかに出入口はないのか？」

元之輔は周りを見やった。

「出入口は、ここ一つなんです。部屋の裏手に回ろうとしたら、後ろは壁なんです」

「窓もない、袋小路のような部屋だというのか？」

「はい。ただの納戸かも知れないんですが」

「納戸だと、貴重な調度品などが収めてあるかも知れない」

「ですが、戸が開けられないのは変でしょう？」

「たしかに、そうだな。無理すれば開けられないこともないだろうが」

「戸を破って開けますか？」

「いや、それはいかん」

「ですよね。で、私もこれ以上、調べてはまずいのでは、と」

「そうだの。いま使われていない空き家にしても、この屋敷が誰かの持ち物であることは変わりない。勝手にわしらが入り込み、荒らしてはいかん」

「さようですな」

「引き揚げよう」

元之輔は田島と勘助に言った。

勘助は先に立って廊下を走るように出口に急いだ。

元之輔は、それにしても妙な屋敷だと思いながら、戸口に向かった。

三

「その後、家の周りに怪しい浪人者の姿は見かけないと申すのだな。それは良かった」

「はい。これというのも、御隠居様たちのお陰でございます。おそらく、恐れをなして、現われないのだろう、と」

清兵衛は相好《そうごう》を崩した。元之輔は茶を啜りながら言った。

「それでは、わしたちは用済みだな。伊勢屋から用心棒代を頂くわけにはいかん」

清兵衛は慌てて言った。

「いいえ、そういうわけではございません。隠居様が日本橋の方にお越しの節は、伊勢屋にお顔を出していただくだけで、結構でございます。浪人者たちは、御隠居様が用心棒として伊勢屋に出入りしている、というだけで、恐れをなして、私たちに手を出さないのですから」

「だったら、いいのだが」

元之輔は傍らの田島と顔を見合わせた。

「あの浪人者たち、どういう訳で、伊勢屋のお内儀や娘御を見張っているのか、その訳が分かれば、対処のしようもあるのだがのう。清兵衛、おぬしは、あやつらに恨まれるようなことがあるのではないのか」

「いえ。どう考えても、心当たりがないんです。その浪人者たちが何者かも分かりませんし」

「仕事の上でも、浪人たちといざこざがあったことはないのか？」

「はい。ございません。私どもはまっとうな呉服屋です。御浪人たちとは、取引もありませんし」

清兵衛は小首を傾げた。

「清兵衛、あの浪人者たちは、まったく見覚えがないのか？」

「あの浪人者たちと言われても、ちらりとしか見ておりませんで。どう考えても、見覚えはありません」

「何か、脅迫状とか、手紙のような物を渡された覚えはないのか？」

「はい。ありません。一度も、言葉を交わしたこともない、本当に面識のない人たちです」

「さようか。訳が分かれば、こちらから先手を打って、事を未然に防ぐことが出来るのだがな」

「申し訳ありません。本当に何の面識も何もないので、御隠居様には、ご迷惑をおかけいたします」

清兵衛は恐縮した。

廊下に人の気配があった。番頭が客間に顔を出した。

「旦那様、扇屋様と太夫元の円之丞様がお出でになりました」

「おう、そうかい。こちらにお通ししてください」

「はい」

番頭はそそくさと店に下がった。

清兵衛は、元之輔に言った。

「そうそう。さきほど扇屋伝兵衛さんから連絡がありまして、もし、御隠居様がお見えになられたら、至急に知らせてほしい、と申されていたのです。ちょうど良かった」

「何か用事があるのかな」

「はい。何か困ったことがあるそうなのです」

廊下が賑やかになった。やがて、扇屋伝兵衛と話をしながら、小柄な太夫元の円之丞が客間の前に現われた。

「これはこれは、御隠居様、ちょうど良かった。ここでお会い出来なかったら、本所深川の隠居屋敷に押し掛けようと思っていたところでした」

伝兵衛はにこやかに笑いながら、さっそく座敷の元之輔の前に膝行した。

「いったい、何事が起こったというのかな」

「実は、太夫元の円之丞さんが、困っておりまして。なんとか、御隠居様のお力をお借り出来ないか、と」

円之丞が布袋腹を抑えて、元之輔の前に膝行した。

「御隠居様、うちの看板役者の左団次、右団次、団之助三人に、気掛かりなことが起こっておりまして。なんとか、お助け願えないかと」

「あいにく、わしは、いま伊勢屋清兵衛さんのお内儀さんと娘御の用心棒を頼まれておりましてな」

「はい。存じております。扇屋伝兵衛さんから、そのことはお聞きしました。それで、私の方は、二六時中ということではなく、伊勢屋さんのお仕事がお暇な時に、私どもの役者の話を聞いていただきたい、と思いまして」

元之輔は扇屋伝兵衛の顔を見た。

「はい。さようでございます。御隠居は、たいへんお忙しいと、いったんはお断わりし、別の方をご紹介しようとしたのですが、左団次、右団次、団之助の三人とも、御隠居にお願いしたいと申しておるのでございます」

「とは言ってもな。わしは、身一つ。とても、伊勢屋の護衛と、役者三人の護衛までは出来る相談ではないのう」

伝兵衛が膝を進めた。

「そこで、伊勢屋さんとも相談したんです。いま、浪人者たちは、伊勢屋さんの周辺に姿を見せていないし、お内儀さんや娘さんの芝居見物もないと聞きました。いわば、御隠居は暇を持て余しておられるのではないか、と」

「うむ。用心棒稼業は、開店休業状態ではあるな。何もせずとも、日々、金を頂くのは、申し訳ないと思っている」

「伊勢屋さんは、もし、御隠居がお暇なようでしたら、こちらの用心棒として支障がない限りですが、太夫元さんの相談に乗って上げてほしい、と。そうですな、伊勢屋さん」

伝兵衛は清兵衛に同意を求めた。

清兵衛は大きくうなずいた。

「はいはい。私どもの方は、大丈夫です。いざ、となったら、すぐに御隠居様に来ていただきますが、お暇な時には、ぜひ、太夫元の円之丞さんの相談に乗っていただきたいのです」

円之丞は両手を揩り合わせた。

「伊勢屋さんに、そう言っていただけると、たいへんに有り難いのです」

元之輔は傍らの田島と顔を見合わせた。

「暇といえば暇なのだが、田島、どうする?」

田島は腕組みをした。

「太夫元の相談の内容によりますな。それによって、御隠居が判断なさったらいかがですか?」

「うむ。それもそうだ。太夫元、それで相談したい、というのは、どんなことだ。相談したいことを話してくれぬか」

太夫元は大きくうなずいた。

「はい。お話します」

円之丞は膝をさらに元之輔の前に進めた。

「実は、いま片山座は新春興行を無事打ち上げて、次の二月興行に向けて、役者たちは毎日稽古を重ねておる最中です」

円之丞は、一頻《ひとしき》り、小芝居はお上から短期興行しか認められないことへの愚痴を言った。

大芝居なら顔見世興行だけでも、十二月一日から大晦日《おおみそか》まで、ほぼ三十日興行出来る。さらに正月興行なら新年一月から二月、新春興行も三月から四月に興行出来る。それだけで、優に百日を越える興行になる。

ところが小芝居は、ひと月に十日あまりの興行で済ませねばならない。一年のうち、夏枯れの七月、八月は除くとして、残る十ヵ月をひと月十日ずつの興行しか認められない。

そこで、片山座も役者や座員を食べさせるため、やむなく地方巡業、きついどさ回りで糊口《ここう》を凌《しの》がねばならない。しかし、一月、二月のどさ回りは、暖かい南国ならばともかく、寒い北国は厳しい。雪で移動は難しいし、常設館ではない筵掛けの芝居小屋では、寒さに役者は凍え、演技もままならぬ。芝居を見に来る観客の足も途絶えがちになる。

そのため、太夫元の円之丞は、どさ回りは、夏枯れの七月、八月に行なうことにし、冬は江戸で、役者たちに稽古を積ませることにしていた。

「そんな折に、ある筋から、左団次、右団次、団之助のそれぞれに、贔屓客からのご指名があって、宴席に呼ばれたのです」

「宴席？」

「はい。それもただの宴席ではない。贔屓の客たちから指名された役者に、結構な金子《きんす》が謝礼として出されるのです」

「ほう。謝礼はいかほどかのう」

「少なくても五十両は頂けますな。左団次は、特に人気があって、この前には百両も頂いたんです」

「へえ。宴席に呼ばれただけでカネが貰えるのか」

「ただし、役者ですから、宴席の場で、娘道成寺《むすめどうじょうじ》やらを踊ったり、お嬢吉三の振りや口上を言う、そんな得意芸をやらされるわけです」

「なるほど。贔屓の役者を呼んで、芸を披露させ、それを肴に酒を飲むというわけか。贔屓客の無聊《ぶりょう》を慰める酒宴だろう？　そんな贅沢をする結構な客たちとは、いったい誰なんだ？」

「それが、大きな声では言えないのですが、大奥の御女中たちなのです」

「なに、大奥の御女中たちが贔屓客だというのか？」

「大奥か」

元之輔は思わず田島と顔を見合わせた。

「はい。それで、私どもは危惧しておるのでございます」

かなり昔のことだが、大奥の奥女中が、さる人気の歌舞伎役者と密通したということが発覚し、一大騒動になった。密通が事実だったかどうかは分からないが、その騒動の背後には、将軍の世継を巡る正室と側室の争いがあったと言われる。

その奥女中は側室付きだったので、正室派が側室派を追い落とすための口実にしたらしい。そのため、奥女中と相手の歌舞伎役者は重罪に問われた。二人とも死罪こそ免れたものの、奥女中は譜代藩の城中に幽閉され、歌舞伎役者や太夫元などが遠島《えんとう》にされた。その騒動以来、大奥の御女中が公に歌舞伎見物をすることはなくなった。

「しかし、大奥の御女中たちとて、芝居は見たい。とはいえ、城を抜け出し、お忍びで大芝居見物するのは難しい。そこで考え出したのが密かに屋敷で酒宴を開き、そこに人気の役者を呼び出して、芝居の名場面を演じさせて楽しむって方法です」

「なるほど。それなら芝居小屋に行かずに、芝居を楽しめるな」

「ですが、さすがに大芝居の歌舞伎役者たちを屋敷に呼ぶのは難しい。いくら密かにといっても、当代人気の團十郎《だんじゆうろう》が呼ばれるとなると、あまりに目立ちすぎますな。

しかも、呼ぶためのお金もかかる」

「ふむ」

「そこで目をつけたのが、小芝居の人気役者です。興行がない時に、彼らを密かに屋敷に呼び出して、芝居をさせるのは目立たない、お金もあまりかからない、というわけです」

「なるほど。考えたな」

「それで、興行明けのいま、ほぼ二日と空けず夕方になると、稽古場の裏口に、警固の侍付きで、御忍駕籠《おしのびかご》が迎えに来るのです」

「ほほう。それで、どこへ。まさか城中ではあるまいな」

「どうやら、しかるべき屋敷に行くらしいのです」

「行き先の屋敷が、どこか分からないのか?」

「はい。警固の侍が、私たちに付いて来るなと、念を押し、もし、誰か尾けて来るようなことがあったら、斬ると威嚇するのです。だから、私たちも、どこへ彼らが連れて行かれるのか分からない」

「役者たちは、どこか分かるだろう?」

「それが、駕籠に乗り込む時に、真っ黒な布袋を頭に被せられたんだそうです。警固の侍は役者に、知らぬが身のためだ、と。行き先を知らずば、無事に帰してやると言われた」

「では、目的地に着くまで、どこをどう行くのか、分からないというのだな」

「そうなんで」

「だが、着いた先は、どこかは分かるだろう?」

「それが、どこかの屋敷の玄関先に駕籠がつけられると、黒布袋を被ったまま、迎えに出た御女中に手を引かれて、上がり框《がまち》に行き、そこで初めて、布袋を脱がされるんです。そして、長い廊下を案内され、大広間の宴会場に連れて行かれる」

「ほほう」

「宴席には大奥の御女中たちが座っていて、酒が入っているらしく、出来上がって、もう大はしゃぎをしていたそうです」

「男もいるのか?」

「いえ。女たちだけだそうで。侍たちの姿はなかったそうです。だから、男は役者だけだそうで」

「ふうむ。それで?」

「役者は綺麗どころの女たちに囲まれ、酒や料理を勧められる。ほろ酔いになった時分に、御局様《おつぼね》のような奥女中に、娘道成寺やら何やらの踊りを所望《しょもう》されるってわけです」

「それから？」

「三人吉三の振りや口上をやらされる。そしてやんやの喝采を浴びる」

「それで、謝礼はかなりのものが出る？」

「はい。ありがたいことです」

「いくら出たのだ？」

「人気や演目次第で違うのですが、五十両から八十両は頂けます」

「左団次は？」

「百両でした」

「一晩の稼ぎとしては、悪くないではないか。羨ましい。わしは一日勤めて二分だぞ」

清兵衛が元之輔に頭を下げた。

「少なくて、申し訳ありません」

元之輔は笑った。

「いや、冗談だ。役者とそれがしでは、やることが違う。それで、その後、無事に役者は帰されるのか？」

　円之丞はうなずいた。

「はい。また黒い布袋を被せられ、稽古場まで帰されるのです。駕籠を下りるとき、警固の侍から、このこと口外無用、言えば命はなくなると思えと脅されるのです」

「よほど、公にされるのを嫌っておるようだな」

「はい。私たちも、このことは内緒にしようと、口外無用にしています。と申しますのは、もし、これが世間に知られ、問題になったら、下手をすれば、私たちも死罪、遠島は免れないでしょう。それは困る」

「だったら、次の時には断ればいいではないか」

「それが、断れないのです」

「どうしてかな」

「この話を持ち掛けた仲介人は、寺社奉行の側用人でして、もし、断れば宮地での興行が出来なくなるかも知れないのです」

「その側用人というのは誰だ？」

　円之丞は扇屋伝兵衛や清兵衛と顔を見合わせた。伝兵衛が言った。

「円之丞さん、言いなさいよ。御隠居様は、お口が固い。悪いようにはしませんよ」

「さようですか。では、あくまで内密にということで申し上げます」

円之丞は小声で言った。

「河合鈴之介《かわいすずのすけ》様です」

元之輔は円之丞の顔を見ながら、河合鈴之介が小芝居の興行権をめぐり、円之丞から賄賂《わいろ》を受け取っているな、と察知した。

おそらく河合鈴之介は、寺社奉行の側用人である地位を利用し、大奥の御女中たちに役者を斡旋《あっせん》することでも、きっと賄賂をせしめていることだろう。

元之輔は円之丞の顔を見た。

「それで、本題に入ろう。わしに何をしてもらいたいのだ？」

「役者たちの警護をお願い出来ないか、と」

「太夫元は何を心配しているのだ？」

「役者たちは、このままでは済まないように思うのです。とりわけ、左団次が危ない」

「危ない？　どう危ないのだ？」

「奥女中の最高位である御年寄が、左団次にご執心らしいのです。左団次も、御年寄の奥女中に心惹かれているんです。このまま行けば、二人は懇《ねんご》ろになるかも知れない。

そうなったら、事はややっこしくなりましょう」

「その御年寄というのは、誰なのだ?」

御年寄は、老人の意味ではない。大奥での最高位の奥女中の称号だった。

円之丞は清兵衛と顔を見合わせた。どうやら、清兵衛も裏の事情をよく知っている様子だった。

円之丞は渋々と言った。

「お美世《みよ》の方様です」

「どういう奥女中なのだ?」

円之丞は清兵衛を見た。それまで黙っていた伊勢屋清兵衛が口を開いた。

「歳は二十五になったばかり。絶世の美女です」

「清兵衛、なぜ、おぬしが知っておるのだ?」

「呉服商として、大奥の御女中たちに呉服をお届けしているのですが、その時に、お美世様にお目にかかったのです」

「なるほど」

「お美世様が、ある時、小芝居のことを、私にお尋ねなさった。小芝居にも、團十郎のような人気役者がおるのでは、と訊かれたので、左団次の話をしたのです。そうしたら、お美世様は、ぜひ、一度左団次に会ってみたいものだ、とおっしゃっていた。初めは冗談かと思っていたのですが、なんとか、その左団次と会えないか、と言うので、お美世様が日本橋のうちの店に御出でになった折に、円之丞さんに頼んで、左団次に店へ来てもらったんです。そこで、お美世様は左団次に初めてお会いになった」

「つまり、そのお美世の方と左団次の間を取り持ったのは、おぬしだった、というのだな」

「はい」

元之輔はキセルを取り出し、莨を詰めた。火鉢の炭火にキセルをかざし、莨の煙を吸った。

昔あった大奥の奥女中と歌舞伎役者の騒動では、二人の仲を取り持った太夫元や呉服商人たちがお縄になり、役者同様に遠島の処分になった。どうやら、円之丞も清兵衛も、そうした事態を恐れている様子だった。

「事は、左団次だけに留まらないのです。あろうことか、右団次も団之助も、奥女中の何人かに贔屓にされており、身も心も浮かれているのです。私が、危ないから、やめろと言っても、役者たちは聞く耳を持たない」

円之丞は嘆いた。

「………」

「みんな若いから、仕方がないのですが、周りの私たちは気が気でならないのです」

「そんな役者たちを、わしは、どう警護しろ、というのだ？」

伝兵衛が清兵衛と円之丞の意を汲んで言った。

「御隠居に、のぼせて舞い上がっている役者たちの熱をなんとか冷ましてほしいのです。まだ、事が発覚しないうちに、穏やかに納めたいのです」

「場合によっては、力ずくでも、役者たちを止めてほしいのです」

円之丞が強い口調で言った。元之輔は煙を吹き上げた。

「ううむ。難しいな。人の恋路を邪魔するのは容易ではないぞ。わしに、その憎まれ役をしろ、と申すのか」

「はい。問題になる前に熱を冷ませば、何事もなく納まるでしょう」

「それが、彼らの身を警護するということになるというのか」

「はい。いかがでしょうか」

円之丞は両手をついて頭を下げた。清兵衛も並んで頭を下げた。

「私からも、ぜひにお願いいたします」

「用心棒代は、はずみますので、よろしう願います」

伝兵衛も一緒に頭を下げた。

元之輔はキセルを吹かした。

「問題は、左団次たちが、どこに連れて行かれるのか、だな。それが分からぬと、彼らを助けようもない」

傍らに座った田島が口を開いた。

「近々に役者たちが呼び出される機会はあるのですか」

「はい。今日、駕籠を警固する侍が、稽古場に訪ねて来ました。今夜、左団次を迎えに来るので用意しておくように、と」

「左団次一人だけ、呼び出しがかかった?」

「はい」

円之丞はうなずいた。

「ほかの二人には、声はかからない?」

「おそらくお美世様直々の呼び出しではないか、と思うのです。それで、余計に心配なのです」

元之輔は訝った。

「何が心配だというのだ?」

「もしかして、お泊りになるのではないか、と。いままでは、酒宴の余興でしたが、もしかして、今夜は違うかも知れないのです」

「お美世の方と、懇ろになるやも知れぬというのか」

「さようで」

「おぬしの真意は、わしに二人の邪魔をして、懇ろになるのを防げ、ということか」

「はい。そうしていただけたら、と願っています」

元之輔は田島と顔を見合わせた。

田島が言った。

「逢瀬《おうせ》を邪魔するといっても、御忍駕籠には、警固の侍たちが付いている。御忍駕籠を止めようとすれば、斬り合いになる。そこまでして、止めろ、というのですかね」

「…………」円之丞は黙った。清兵衛も沈黙している。

伝兵衛が取り成した。

「それはないでしょう。円之丞さんも、そこまでは望んでいませんよ。斬り合いになったら、侍は左団次を斬るやも知れない。そうなったら、元も子もないですからね」

「……せめて、左団次が、どこに連れて行かれるのか。それが分かれば、何か打つ手があるかも知れません。御隠居様には、それをお調べ願えませんか」

「うむ。いいだろう。だが、我らが尾行しているのを知ったら、やはり斬り合いになりかねない」

「そこをなんとか」

円之丞はまた頭を下げた。

元之輔は田島を見た。困ったことになったな、と目で言った。

ともあれ、策を練りましょう。

田島の目は、そう答えた。

四

その日は、夕方に近付くにつれ、寒さが厳しくなった。

片山座の稽古場は、不忍池《しのばずのいけ》近くの神社の境内にあった。

元之輔は田島と一緒に、稽古場近くの居酒屋桔梗《ききよう》に入り、焼き魚を肴に酒を飲みながら、日暮れを待った。熱燗の酒で、ようやく軀の中から温まる。

田島が銚子の酒を元之輔の盃に注ぎながら言った。

「やけに冷えますすな」

「勘助は、どうしておる？」

「神社の社務所に陣取って張り込んでます。御忍駕籠が来たら、すぐに知らせるように言ってありますんで」

「しかし、厄介なことを引き受けてしまったな」

「これもなりゆきです。仕方ないでしょう」

田島はやけに達観した物言いをしている。

「なるようにしかならぬか」

元之輔は盃の酒をぐびっと飲んだ。

急に外の通りが騒がしくなった。

「まかしょ、まかしょ」

唄うような声が聞こえる。居酒屋の中で飲んでいた仕事帰りの職人が油障子戸を開けて、外を覗いた。

元之輔や田島の卓台からも、通りの人だかりが見える。

白装束のまかしょたちが、七、八人、通りで踊るようにして跳び跳ねている。

「まかしょ」「まかしょ」

子どもたちが囃し立てている。まかしょの男たちは、手にした絵札を集まった群衆にばら撒いていた。

「なにか、このところ、やたら、まかしょが大勢出歩いてますね。何ですかね。あいつらは」

「世の中、何か騒がねばいられない人たちが増えているのではないか」

「まかしょで、憂さ晴らしですか」

「うむ。わしらは酒で憂さ晴らしだ」

元之輔は銚子を田島の盃に傾けた。

油障子戸の間から勘助の顔が覗いた。

「お、勘助、来たか」

「へい」

「寒いのにご苦労だった。ま、飲め」

元之輔は銚子を摑んで、立ち上がり、銚子を勘助に渡した。

「ごっつあんです」

勘助は銚子に口を付け、喉を鳴らして酒を飲み干した。

「田島、行こう」

元之輔は田島に顎をしゃくった。

「親父、勘定」

田島は財布から小銭を出し、卓台に載せた。

「まいどあり」

店主の声を背に受けて、元之輔は店の外に出た。冷えた北風が身に凍みる。

稽古場から出て来た人影が一人、御忍駕籠に乗り込んだ。護衛の侍は二人だった。

四人の駕籠舁きが静かに駕籠を持ち上げ、参道を辿り、通りに出て来た。
五、六人の白装束のまかしょが、神社から出て来た御忍駕籠の周りを取り囲んだ。
「まかしょ、まかしょ」と囃し立てながら、踊りはじめた。群衆も面白がって、踊りに加わった。子どもたちがまかしょたちの後に付いて跳び跳ねる。

「どけ、どけ」

警固の侍たちが、慌ててまかしょや群衆を追い払おうとした。

「去らぬと斬るぞ」

警固の侍たちは刀を抜いた。

群衆は悲鳴を上げて、四方八方に散って逃げた。まかしょは、身を翻《ひるがえ》すと、道に転がっている石を拾い、侍たちに投げた。

追っていた侍たちは、石飛礫《いしつぶて》にたじろいだ。群衆もまかしょを真似て、石を侍や御忍駕籠に向けて投げはじめた。

通りのどこからともなく、数人の侍たちが現われた。侍たちは、一様に黒覆面の黒装束だった。

「まかしょ、まかしょ」

白装束のまかしょが囃し立てながら、石飛礫を黒装束の侍たちに投げ付ける。群衆もまかしょに加勢して石飛礫をぽんぽんと投げた。

黒装束姿の頭《かしら》が大声で、御忍駕籠の警固をしている侍に叫んだ。

「先に行け。ここは任せろ」

駕籠舁きたちは、駆け足で駕籠を担いで行く。慌てて警固の侍二人が追っ手を警戒しながら駕籠の後を追った。

「勘助、駕籠の後を尾けろ。気付かれるな」

田島が勘助の背をぽんと叩いた。

「合点だ」

勘助は身をすくめ、素早い足ですするすると駕籠の後を追った。黒装束の侍たちは、白装束のまかしょに気を取られ、勘助が走る姿に気付かなかった。

「引け、引け」

頭が怒鳴った。それを合図に黒装束の一団は、駕籠とは反対方角に向かって走り出した。まかしょと群衆が歓声をあげて、黒装束たちを追い掛けて行く。

「御隠居、どうします？」

田島は元之輔に訊いた。

「いまから駕籠を追っても、追い付くまい。戻って、勘助が無事突き止めるのを待とう」

元之輔は出て来たばかりの居酒屋に顎をしゃくった。

半刻も経たぬうちに、居酒屋に勘助が戻って来た。

「御隠居様、駕籠の行方を突き止めましたぜ。とんでもないところに入って行きやした」

勘助は寒さで軀を震わせながら言った。

「どこの屋敷だ？」

「寒い寒い。例の化物屋敷ですよ」

田島が湯呑み茶碗に熱燗の酒をなみなみと注いだ。

「ありがてえ」

勘助は湯呑みの酒をごくごくと飲んだ。

「なに、例の化物屋敷だと？」

勘助はぷーっと息を吐いた。

「へい。驚いたことに、昼間あっしらが見て回った、あの屋敷ですぜ。後を尾けるうちに、あれ、これは昼間通った道じゃねえか、と。そうこうしているうちに、駕籠は長い築地塀沿いの道を急いだ」

勘助は空《から》の湯呑みを田島に差し出した。田島は銚子の熱燗をまた湯呑みに注いだ。

勘助は湯呑みを口に運び、また一気に酒を干し上げた。

「うめえ。腹に効くうう」

「で、どうした？」

「そうしたら、三叉路に差しかかり、いちばん右手の通りに入った。武家門を一つ過ぎ、三つ目の武家門に止まった。警固の侍が門扉の前で、何事かを叫ぶと門扉がゆっくりと開いた。昼間は固く閉じられていた扉だったんで、あれっと思ったんですが、駕籠と警固の侍たちはするすると門の中に入って行ったんで。すると門扉はまたぴたりと閉まった」

勘助は、三杯目の茶碗酒を喉を鳴らして干し上げた。それから、腕で口を拭い、ようやく落ち着いた顔で言った。

「しばらく屋敷の前で、様子を窺っていたんです。すると真っ暗な屋敷の中から女の笑い声が聞こえたんで」

「あの屋敷に女が居たというのか？」

「それも、大勢の女たちの笑い声や嬌声が聞こえたんです。まるで宴会をしているかのような騒ぎでした」

「勘助、ほんとに昼間見た屋敷だったのか」

「へい。間違いねえです」

勘助は四杯目の酒を飲みながら言った。

「あっしも、夜なので似たような屋敷に来たのか、とすぐには信じられなかったんです。それで横手に回ると昼間見た細い路地があった。路地を進むと、昼間に塀を乗り越えて、内側から閂を外した木戸に出たんでやす。それで間違いない、この屋敷だと分かったんで」

「中の様子を窺ったのか」

元之輔は尋ねた。

「へい。ここまで来たのに中を見ずには帰れないと、木戸を押し開いて庭に入ったたんです。そうしたら、昼間は人けのなかった屋敷が、夜には雨戸の隙間から行灯《あんどん》や蠟燭《ろうそく》の明かりが漏れて、ちらついていたんです」

「それで」

「雨戸の節目に目をあてて、中を窺ったんです。そしたら、蠟燭の炎が部屋中を照らしていて、そこに煌《きら》びやかな着物姿の女たちが群れ集まって酒盛りをしていたんで」

「ふむふむ」

元之輔は田島と顔を見合わせた。

「そのうち、宴たけなわになり、女たちが左団次、左団次と掛け声をかけはじめた。するってえと、金ぴかの屛風《びょうぶ》の陰から、お嬢吉三の扮装をした左団次が出て来て、目を剝き、見得を切ったんで」

勘助は、そこで両手を広げ、振りを入れながら、大声で見得を切った。

「月も朧に白魚の、篝もかすむ春の空、つめてえ風もほろ酔いに、心持ちよくうかうかと浮かれ烏のただ一羽……」

おう、左団次！　色男！

待ってました、お嬢吉三！

居酒屋の客たちが勘助に歓声を上げげた。

勘助は、思わぬ掛け声に頭を掻き、「ありがとさん」と言いながら、続けた。

「……ねぐらに帰る川端で、棹のしずくが濡れ手で泡、思いがけなく手に入る百両。ほんに今夜は節分か、西の海より、川のなか、落ちた夜鷹は厄落とし……」

「あらら、あんた冷たいおひと、あたいを川に落としていくなんて」

客たちが女の声色で相槌を打つ。どっと笑いが起こった。

勘助はにやっと笑いながら続けた。

「豆たくさんに一文のゼニと違ってカネ包み、こいつは春から縁起がいいえ」

「……私にも、そのカネでお酒を飲ませて」

女の声色が後を繋いだ。またも喝采が起こった。

「ってな台詞を聞いていたら、突然、暗闇から男の声で『くせもの！　出合え出合え』って怒鳴られたんで。あっしは一目散で木戸へ取って返し、屋敷を飛び出し、逃げ帰ったたってわけでやす」

勘助は元之輔と田島に言い、酒臭い息を吐いた。

ほかの客たちは、勘助の演技が終わったと知るや拍手喝采し、「もっと続けろ」と言って催促した。勘助は立ち上がり、客たちに何度も頭を下げた。

元之輔は田島と笑いながら、

「明日、いま一度、化物屋敷を覗いてみるか」

と言った。

田島が心配顔をした。

「左団次、大丈夫ですかね」

「なるようになるさ。その時はその時だ」

元之輔は頭を振った。

第三章　夏でもないのに怪談話

一

　日本橋に雪が吹き寄せていた。橋を渡る商家の女が斜めに差した番傘は、うっすらと雪化粧をしていた。道往く武家の深編笠も斑《まだら》に雪が積もっている。

　威勢のいい町奴は粋な着物を尻っ端折りし、白木綿のぱっち姿で走って行く。

　日本橋の商店街の通りを往来する人たちは、分厚い羽織を着込んだ冬支度だった。

　元之輔は呉服商伊勢屋の前で、番傘を畳み、傘についた雪を払い落とした。若党の田島結之介も番傘をばたばたと拡げたり畳んだりして雪を落とす。

　湯島天神境内での芝居小屋では、二月興行が始まった。今日は、その初日で、お嶺とお幸は連れ立って芝居見物に行く。

元之輔は田島とともに、二人に連れ添って、守役を務めるのだ。

店の中は、着飾った町家の娘や武家の御女中たちで賑わっていた。店先で番頭や手代が忙しく応対している。

店の奥から、羽織袴姿の恰幅《かっぷく》のいい、初老の侍が現われた。供侍を連れている。その後から、清兵衛が腰を低めて付いて来る。

初老の侍は振り返り、清兵衛に何事かを言った。清兵衛は恐縮して何度も頭を下げた。清兵衛はいつになく浮かぬ顔をしている。

侍には、かすかに見覚えがあった。元之輔がまだ江戸家老で留守居役を務めていた時、城中での御留守居寄合の懇親会で、挨拶を交わしたことがある。名前は思い出せない。

「では、清兵衛、しかと頼んだぞ。いい返事を待っておる。いいな」

初老の侍は、やや居丈高《いたけだか》に言い、供侍が用意した雪駄を履いた。刀を腰に差し、頭をかすかに動かし、「では、御免」と言い、さっと清兵衛に背を見せると、供侍を従えて店から出て行った。清兵衛が慌てて見送りに店の外まで急いだ。

侍はすれ違った際、ふと元之輔を認めると、軽く会釈をした。侍の方も元之輔に見覚えがある様子だった。だが、話をするほどの間柄ではないらしい。元之輔も、うなずき、会釈を返した。

やがて見送りを終えた清兵衛が店内に戻って来た。伏せた顔がやや青ざめて見えた。

元之輔が居るのに気付き、笑顔を作ろうとしたが、うわべだけだった。

「ありがとうございます。いま、お嶺たちが参ります。よろしう、お願いいたします」

清兵衛は元之輔の目も見ず、顔を伏せたまま言った。

清兵衛の言葉が終わらぬうちに、店の奥から明るい赤と桃色の模様が入った振袖姿のお幸と、質素だが新春らしい青色の格子柄の留袖姿のお嶺が現われた。

店内に二輪の可憐な花が咲いた。二人は母娘なのに、歳が離れた姉妹にも見えた。

お嶺は元之輔と田島を見ると、すぐに笑顔になり、頭を下げた。お幸も喜色満面になって、島田髪を下げた。金銀の飾りを付けた簪《かんざし》が、きらきらと光る。

「本日は、よろしくお願いします」「お願いします」

「うむ」

元之輔は二人にうなずき返した。

女中が飛んで来て、二人の肩に外出用の被布《ひふ》を掛けた。

「外は寒いですよ」

「大丈夫。二人とも懐炉《かいろ》を持っているから」

お嶺が明るく答えた。前掛けをした番頭が二人に声をかけた。

「表に迎えの駕籠が来ています」

「はいはい、ありがとう」

お嶺もお幸も華やいだ声で応じた。二人とも芝居見物に浮き浮きしている。

「では、行って参る」

元之輔は清兵衛に声をかけた。清兵衛は、ここに心あらずという顔をしていたが、はっと我に返った。

「御隠居様、お幸のこと、くれぐれもよろしうお願いいたします」

清兵衛はいつになく丁寧に、元之輔に頼んだ。

「清兵衛、何かあったのか?」

元之輔は尋ねた。

「いえ。大丈夫です。なんでもありません」

清兵衛は顔を上げた。元之輔には、清兵衛の顔が泣き笑いに見えた。

あの初老の侍に、何かを言われたのだな、と見当はついたが、元之輔も、それ以上は言わなかった。本当に困ったら、清兵衛の方から言ってくることだろう。

二

芝居小屋は、大勢の観客が詰め掛けていた。一階の枡席も立ち見席も、二階の桟敷も満席だった。小屋の中は、人熱《ひといき》れで暖かく、火鉢の炭火や懐の懐炉のお陰もあって、汗ばむほどだった。

元之輔は、お嶺とお幸の背後に座り、腕組みをし、芝居を見ながら、周囲に気を配っていた。だが、ついつい芝居にのめり込み、周りへの気が弛む。

傍らに座った田島も、元之輔と同様、時々我に返ったようにあたりに気を配る。

いまのところ、周囲の桟敷にも、一階の枡席にも、羅漢席や大向こうの立ち見席に、怪しい浪人者たちの姿は見当らなかった。

舞台は、尺八の音が流れ、助六《すけろく》が登場する場だった。花道に、蛇の目傘をさし、高らかに下駄の音を響かせて、勢いよく駆ける助六が現われる。観衆がどっとどよめいた。

花道に登場したのは、黒羽二重の小袖に紫の鉢巻きの左団次。居並ぶ花魁《おいらん》姿の役者たちの前で、見得を切る。

ふと視線を感じた。誰かがお幸を見ている。視線の元は、どこだ？

元之輔は煙草盆を引き寄せ、キセルに莨を詰めた。火鉢の炭火にキセルをかざして、莨に火を点け、煙を吹かした。キセルを吸いながら、大向こうの視線の元を探した。

大向こうは舞台を正面にした立ち見席だが、桟敷からは斜め後ろにあたり、薄暗くて人の顔はよく見えない。特に、今日は天気が悪く、太陽の光もないので、天窓からの光は射さしていない。

舞台には、大蠟燭が何本も立ち、ほんのりと明るくなっているが、観客席は一応に薄暗さを増していた。

大向こうには、どこかに勘助が紛れ込んでいるが、勘助には、怪しい浪人者に気を付けろとだけ言ってある。

大向こうからの視線は殺気立ったものではなく、かといって温かいものでもない。だが、鋭く刺すような視線だ。目を凝らして見ている。

元之輔もキセルを吹かしながら、大向こうの朧な人の顔を見回した。突然、相手の視線と元之輔の視線が合った。相手は、前に羅漢席にいた町奴だ。と思った瞬間、相手は人込みに潜り込み、視線を消した。

とりあえず、浪人者ではなかったと分かり、安心した。だが、まだちりちりした鋭い視線は消えていない。

「御隠居、浪人者たちを見付けました」

脇の田島が元之輔に囁いた。

「どこだ？」

「向かいの東下桟敷の三枡席に」

元之輔ははっとして、東側の下桟敷の三つ目の枡に目を向けた。居た。浪人者二人。それから、きちんとした羽織袴の武家が二人。四人は、いまは舞台の助六に見入っていた。

「……近ごろ、この吉原に大きな蛇が出るとよ。毎晩まいばん、女郎《じょろう》にふられるを、恥とも思わず、通いつめる執着の深《ふけ》え蛇だ。……」

助六が髭《ひげ》の意休《いきゅう》に嫌味を言って絡んでいる。

武家の侍が浪人者に何事かを言い、笑い合っている。

浪人者の一人が、元之輔の視線を感じ、さっと見返した。挑むような殺気の籠もった視線だった。

あいつだ、と元之輔は思った。すると、隣の浪人者が笹川久兵衛か。浪人者は元之輔から視線を外さず、隣の笹川に何かを言った。

笹川がすぐに元之輔を見た。これまた刺すような鋭い視線だった。

元之輔は視線を外さず、睨み返した。笹川はちらりと視線を外し、今度は一緒にいる武家の侍に何事か言った。侍は助六を見て笑っていたが、笹川から促され、元之輔に視線を向けた。

元之輔の視線と侍の視線が一瞬、絡み合った。侍の笑顔が消えた。だが、侍は平然とし、元之輔から視線を外した。笹川ともう一人の浪人者に、何事か言い、舞台に目を移した。

いまは相手にするな、とでも言ったのか、浪人者たちも侍たちも、元之輔の方には目もくれず舞台に見入った。

やはり、やつら、平気な顔をしているが、何か企んでいるな。

元之輔は田島と顔を見合わせた。

本日も幕が下がると、笹川たち四人は、そそくさと芝居小屋から出て行った。

元之輔は小屋を出た時、待ち伏せしていないかと、境内を見回したが、四人の姿はなかった。

芝居茶屋に、お嶺とお幸が入る時も、あたりを見回したが、彼らが尾けている気配はなかった。田島も、やつらはいない、と元之輔にうなずいた。

「勘助は?」

「おそらく、四人の後を尾けていると思います」

「気付かれないといいが」

「前回、笹川を尾けてドジを踏んでいるんで、今度は用心するでしょう。きっとうまく尾けますよ」

田島は元之輔に大丈夫とうなずいた。

三

茶屋の二階の座敷で、贔屓客たちの宴会が続いている。宴会といっても、商家のお内儀や娘、女中たちが多いので、茶屋が用意した料理を楽しむ会になっている。

やがて芝居小屋から引き揚げて来た役者衆が宴席に入って饗応《きようおう》する。あちらこちらで女たちのお喋りの声が高まった。みな芝居を観終わったばかりなので興奮が冷めやらない。

元之輔は隣の座敷で、女たちの賑やかなお喋りをよそに、田島と伝兵衛を相手に静かに酒を酌み交わしていた。まだ帰り道での警固があるので、酒はほどほどにしている。

田島は心得たもので、ほとんど酒を飲んでいない。伝兵衛だけが、気楽に盃を重ねていた。

やがて廊下に人の気配がした。障子戸がそっと開き、太夫元の円之丞の酒で上気した顔が現われた。円之丞は挨拶の言葉を述べながら、膝行して座敷に入って来た。

「正月の新春興行、大入り満員の盛況で始まり、おめでとうございます」

扇屋伝兵衛が、すかさず愛想を言った。円之丞は、いやいやと手を振り、これからです、と言って元之輔の前に座った。

「ま、一杯」

元之輔が盃を懐紙で拭い、円之丞に手渡した。

「では、お流れを頂きます」

元之輔は銚子を傾け、円之丞の盃に注いだ。

「左団次は、何か申しておったか?」

円之丞は盃の酒をくいっと飲み干した。元之輔はまた銚子を差し出し、空いた盃に酒を注ぐ。

左団次が大奥の御年寄に呼ばれて、怪しい武家屋敷を訪ねた時のことだ。泊ることもなく無事帰ったことは知っているが、それ以上の詳しい事情は聞いていない。それも十日も前の話だった。

「左団次によると、お招きされたお屋敷でのことは、一切口外無用と固く言われておるそうです。外に洩らせば、命はない、と警固の侍から念を押されるように、脅されたそうでして」

円之丞はごくりと喉を鳴らしながら酒を飲んだ。

「左団次だけでなく、前に呼ばれた右団次も団之助も同様に脅されており、もし、一人でもしゃべったら、三人とも一蓮托生《いちれんたくしょう》だと思えと」

伝兵衛は手を叩き、茶屋の仲居を呼んだ。

「はーい」と軽やかな返事があり、廊下に足音がすると、障子戸が静かに開いた。仲居が顔を出した。

「忙しいところ、済まぬが、お銚子を二、三本、それにぐい呑みを人数分、用意しくれぬか」

「はーい。少々お待ちください。すぐにお持ちいたします」

仲居は朗らかな笑みを残して廊下に姿を消した。

元之輔は訊いた。

「では、何も聞けなかったのか？」

「はい。一応、聞けなかったことにしております」

「うむ、それで」

「これは、ほんとに内緒にしていただきたいのですが、左団次を気に入ってくれた御方は、お美世様ではなく、どうやら、さるお偉い御殿様の奥方様らしいのです。お美世様はその付き人とのことです」

「さる偉い御殿様の奥方様だと？」

「その奥方様のお付きの奥女中たちの酒宴だったというんです。それも、たいそうなお殿様の奥方様らしいのです」

「ほう。どうして、そう思うのだ」

「はい。奥方様がお持ちの品に、葵《あおい》の御紋《ごもん》があったそうでございまして」

葵の御紋は徳川将軍家とその縁戚筋しか許されていない。

奥方様というのは、将軍様の奥方様かも知れない？

あの屋敷に、江戸城の大奥の奥女中や奥方が居るというのか？

まさか、と思った。

だが、徳川将軍家の家門や縁戚筋の親藩は、いくつもある。

元之輔は、勘助が中間仲間から、あの屋敷は信州松平家の中屋敷だったと聞いたのを思い出した。松平家だとしたら、葵の御紋であっても不思議ではない。

「はい。それで、私も仰天し、これは滅多なことで口外してはならぬと思いました」

元之輔は、田島と顔を見合わせた。

伝兵衛も黙って聞いている。

「円之丞、おぬしを脅かすわけではないが、左団次たちが連れて行かれた武家屋敷は、空き家だ。誰も住んでおらぬのだ」

「まさか。冗談でしょう？」

円之丞は笑った。伝兵衛も笑っている。

元之輔は言った。

「実は勘助に左団次が乗った駕籠の後を尾けさせた。すると、さる武家屋敷に入るのが分かった」

「……さようで」

「翌日の昼間、勘助に案内させて、わしと田島が、その武家屋敷に行ってみた。だが、屋敷の庭は草茫々で、荒れ果てたままで、人が住んでいる気配がなかった」

円之丞は伝兵衛と顔を見合わせた。

「御隠居様、本当ですか？　後で嘘だったなんておっしゃるんじゃあないんですか」

円之丞は上目遣いで元之輔を見た。

伝兵衛も信じられないという面持ちをしている。

「嘘ではない。田島、話してやれ」

「本当でござる。それもただの空き家にあらず。周りから化物屋敷と言われている」

「まさか」「ほんとですか？」

伝兵衛と円之丞は顔を見合わせた。

「以前にそれがしは、御隠居と一緒にその屋敷に行ったことがある。空き家なので、内緒で家の中に入ってみた」

「それで？」円之丞は訊いた。

「人が暮らした跡がなかった。そのうち、催したので、厠に入ろうとしたら閉まった戸の向こう側から、なんと女の声で『入ってます』と」

円之丞と伝兵衛は噴き出した。

「ははは」と伝兵衛。円之丞は訝った。

「本当ですか。騙さないでくださいな。私は気が小さいんで、怪談や幽霊は苦手なんです。御隠居も、その厠の女の声を聞いたんですか？」

「いや、わしは聞いていない。だが、田島と一緒に厠の戸を叩いた。返事がないので、そっと戸を開けて中を見た」

「そ、それで」

「女の姿はなかった」

円之丞が息を呑んだ。伝兵衛も目を大きくして元之輔を見ている。

元之輔の言葉に、円之丞と伝兵衛はほっと息を吐いた。

「でしょう？　御隠居様、あまり脅かさないでくださいな。なあ、伝兵衛さん」

「まったく。御隠居も人が悪い」

元之輔はぼそりと言った。

「信じられないだろうが、ほんとに妙な屋敷なんだ」

「妙と申されますと？」と伝兵衛。

「開かずの部屋があった」

「開かずの部屋ですか？」

円之丞が訝った。

「座敷の隣に部屋があるのだが、なぜか、出入口の引き戸には、中から心張り棒が掛けてあるらしく、開かない。出入口は一つだから、その引き戸が開かねば、中に入れない。なのに内から心張り棒が掛かっていた」

「部屋のどこかに出入り出来る口があるんでしょ？」

「それが見当たらないんだ。部屋は袋小路のような廊下の先にあって戸口は一つしかない」

「……伝兵衛さん、どう思います？」

「ちと信じがたいですな」

伝兵衛はにやつき、盃の酒を飲んだ。元之輔は田島と顔を見合わせてから続けた。

「わしたちもいまもって信じがたいのだが、本当に開かずの間だったのだ」

「まさか。御隠居様、酒でも召し上がっておられたんじゃないですか」

「円之丞、わしを信じられないと申すのか？」

「いえいえ。そういうわけではありません」

円之丞は慌てて手を振った。元之輔は、笑いながら言った。

「ははは。わしがおぬしの立場だったら、同じように疑うだろう。だが、これは嘘ではない。のう、田島」

「はい。それがしも、勘助も見たことです。三人が見たことでござった」

「ふうむ」

円之丞と伝兵衛は顔を見合わせた。元之輔は言った。

「ともかくも、そんな怪しい屋敷に左団次は連れて行かれた。勘助の話では、左団次が屋敷に入ると、屋敷の大広間から、大勢の女御の笑い声や嬌声、掛け声が聞こえたそうだ。勘助は雨戸の隙間から中を窺おうとしているうち、見張りの侍に捕まりそうになり、慌てて逃げ出したそうだ」

田島が付け加えた。

「太夫元、はっきり申そう。左団次が連れ込まれた屋敷はただの屋敷ではない。化物屋敷だ。左団次を迎えた女たちはおそらく妖怪たちだ」

「まさか」伝兵衛は目を白黒させた。

円之丞も仰天した。

「田島様、ご冗談はほどほどになさってください。お迎えの御忍駕籠も、ちゃんとしたお大名がお使いになるような豪華な駕籠でしたよ」

「駕籠なんぞ、カネさえ払えば権門《けんもん》駕籠だろうが、大名駕籠だろうが、都合がつく」

「…………」

円之丞は当惑した顔になった。

田島が真顔で言った。

「おぬし、一夕散人《いっせきさんじん》の怪談話『耳なし芳一《ほういち》』を読んでおらぬか？」

「読んでません。なんせ、忙しいんで。どんな怪談なんです？」

田島は元之輔の顔を見た。元之輔はうなずいた。

「西国《さいごく》の阿弥陀《あみだ》寺《じ》に、芳一という盲目の琵琶法師《びわほうし》がおった。その芳一は琵琶を奏でながら、たいへん上手に平家物語を語るので評判だった」

「平家物語といえば、おっそろしく長い物語ではないですか」

「うむ。その芳一が得意とするのは、平家一族が滅びる壇《だん》ノ浦《うら》の合戦《かっせん》の段だった。芳一が語る壇ノ浦の合戦のくだりを聞くと、みな涙を誘われたそうだ」

「壇ノ浦の合戦てえと、源氏と平氏の最後の戦いで、敗れた平家一門が、女子どもに至るまで、海の底にしずんでしまう」

「そうだ。幼い安徳《あんとく》天皇もろともな」

「可哀想な話ですな」

「ある夏の夜のことだ。突然に、芳一が住む寺に武者が一人やって来た。さる高貴な方々が、ぜひ、芳一の弾き語りを聞きたいと所望なさっていると。盲目の芳一は、武者に案内されて、御殿らしいところに連れて行かれる。そこにはたくさんの貴人らしい方々が待っていた」

「その御殿というのは？」

「まあ、黙って聞け。貴人らしい方々は、ぜひ、壇ノ浦の合戦のくだりを聞かせてほしい、と所望した。それで、芳一が琵琶を弾きながら、そのくだりを語り出すと、みなおいおいと啜り泣き、ひどく感動して誉めそやした」

「…………」

「その夜から、毎晩、武者が芳一を迎えに来て、芳一は御殿で壇ノ浦の合戦を弾き語りした。寺の住職は、盲目の芳一が毎晩出掛けるのを不審に思い、寺男に芳一の後を尾けさせた。すると、芳一は人っ子ひとりいない墓場で、壇ノ浦合戦の弾き語りをしていた」

「…………」

「その墓というのは、平家一門の墓地で、芳一が弾き語りをしているところは、安徳天皇の墓前だった。寺男の話では、芳一が弾き語りをしている時、芳一の周りには、たくさんの鬼火がふわりふわりと取り巻いていた」

「ひえい。恐い」

円之丞も伝兵衛も身震いした。円之丞が上擦った声で訊いた。

「それから、芳一は、どうなったんです?」

「寺男の話を聞いた住職は、芳一に怨霊《おんりょう》に取り憑かれていると言い、武者が来ても行ってはならない、と説得した。行けば、いずれ怨霊に取り憑かれて殺されてしまうと」

「そうですね。恐ろしい」

「住職は、そこで怨霊退散を願い、芳一の全身にお経を写経した。ところが、うっかりして両耳に写経をしなかった」

「それから?」

「そうしたら、その晩に現われた武者は、芳一を呼んでも、芳一の姿が見えず、写経がしていない耳だけが残っていたので、その耳を刀で切り落として持ち帰った」

「それで?」

「話は終いだ」

「…………」円之丞は伝兵衛と顔を見合わせた。

「芳一は、耳こそなくなったが、命は助かった」

円之丞と伝兵衛は顔をしかめた。

「なんか、似てますね」「ほんと、よく似ている」

「似ているだろう？　琵琶語りと芝居の違いだが」

円之丞は呟くように言った。

「気味が悪いですね。左団次たちは目が見えるので、大奥の御女中たちだったと言うが……」

「大奥の女たちが亡霊かも知れん」

田島が真顔で言った。元之輔も真面目な顔で田島に同調した。

「もし、怨霊だったら、左団次たちは取り憑かれて殺されてしまうかも知れんぞ」

「まさか」

伝兵衛はごくりと喉を鳴らして唾を呑んだ。

円之丞はぶるぶるっと身震いした。

「分かりました。さっそく、左団次、右団次、団之助をここに呼んで、たとえ、また、迎えのお侍が来ても、きっぱりお断わりするように言いましょう」

円之丞と伝兵衛は立ち上がり、障子戸を開け、慌ただしく廊下に消えた。

元之輔は田島と顔を見合わせて笑った。

四

「そんな馬鹿な。あの御女中たちが怨霊だなんて」

「そうですよ。酒や魚料理を食べる幽霊だなんて。私たちが三人吉三を演じると、掛け声を掛け、合いの手を入れる」

「三味線を弾く御女中や太鼓を叩く御女中もいた」

「みんな、私たちに寄って来て、手を握ったり、軀を触る御女中もいたんですよ」

「みな、綺麗にお化粧して、近寄ると芳しい匂いがして……」

「あんな綺麗な幽霊たちなら、少しも恐くありません。毎晩、逢ってもいい」

「なんなら、口説《くど》いてもいいような美女たちでしたよ」

「怨霊なんて、信じられません」

左団次、右団次、団之助は、三人とも笑いながら口々に言った。

太夫元の円之丞は当惑した面持ちで、元之輔の前に座っていた。伝兵衛も、何と言ったものか、と口を噤んでいる。

「おぬしら、黒い布袋を被っていたから、屋敷は見ることが出来なかったのだろう？」

「はい。ですが……」

団之助は、左団次右団次と顔を見合わせた。

「私たちも、どこへ連れて行かれるのか、不安でしたからね。駕籠の中で、布袋の端を少し上げて扉の隙間から、外を見ていたんです」

左団次が言った。右団次もうなずいた。

「細い隙間だったので、外はよく見えなかったけど、武家屋敷街に入って行くのは分かりました」

「駕籠が武家門の前に下ろされた時、侍が門番に開門を命じるのを聞きました。それで、慌てて布袋の端を下ろして、知らぬ顔をしていたんです」

と団之助が言った。左団次が続けた。

「そして、玄関先に駕籠が着き、扉が開けられた。そこで、いらっしゃいませ、と御女中の華やいだ声がした。芳しい香がして……」

「女の手で、手を取られ、駕籠から降りたんです。そして、玄関の中に案内され、そこで、お侍に布袋を外された」

「そうしたら、廊下に御女中たちが居並んでいて、私たちを迎えてくれたんです」

「蠟燭の光の中で、まるで極楽にでも案内されたかのようで」

「宴席には、四、五十人の女御《にょうご》たちがお座りになっていて」

「私たちをうれしそうに迎えてくれた」

「あの人たちが、亡霊だなんて信じられません」

「ほんと、ほんと」

三人は口々に宴席の御女中たちについて、言い募った。

元之輔は、手を拡げ、三人を静かにさせた。

「おぬしたちが信じられないのも、もっともなことだ。わしも田島も、おぬしたちが見たことは疑っておらぬ。たしかに、御女中たちを見たのだろう」

「でしょう？　あまり、脅かさないでくださいな」

「わしも、いまでも、わしたちが見たことが信じられない。だが、おぬしたちが連れて行かれた屋敷は、空き家で、誰も住んでおらぬのだ」

「まさか、そんなことは……」

「ないと言うのだろう？　ならば、これから、その屋敷に行ってみないか」

「これから、ですか？」

左団次たちは互いに顔を見合わせた。

みんなは窓に目をやった。まだ日が暮れたばかりで、外は明るさが残っていた。

「わしも、おぬしらと同じく、己れの目で見たことが、まだ信じられないのだ。おぬしらと一緒に行けば、本当のことが分かるかも知れない」

円之丞が慌てて言った。

「御隠居、本日はご勘弁くださいませ。団之助たちも、初日の公演を終えたばかりで疲れています。それに明日も公演があるので、体を休ませないといけません」

元之輔は腕組みをした。

「それもそうだな。おぬしら疲れておるだろう。確かめるのは、今夜でなくても出来ることだ」

伝兵衛も言った。

「御隠居、本日はまだお嶺様たちを自宅まで無事にお届けする仕事があります」

「それはそうだのう。うっかり忘れるところだった」

元之輔は田島と顔を見合わせて笑った。

「では、団之助さんたちも宴席に戻って、お客様たちにご挨拶してください。そろそろお開きにするんで」

「はい」

団之助たち三人は、役者らしい優雅な仕草で立ち上がり、宴席に戻った。三人が戻ったので、宴席はいやが上にも盛り上がっていた。

五

宴の後の興奮が醒めやらぬ女客たちが、付け人の案内で、茶屋の前に次々に到着する町駕籠に乗り込んで行く。茶屋の女将や番頭、仲居が見送りに出て、愛想を振り撒いている。

お嶺とお幸も、茶屋の前に着いた二挺の宝泉寺《ほうせんじ》駕籠に乗り込んだ。女将が駕籠に駆け寄り、お嶺とお幸それぞれに懐炉を渡しながら言った。

「寒いですから、どうぞお体にお気を付けて。また御出でくださいな」

「はい。ありがとうございました」

お嶺とお幸の返事が聞こえる。

元之輔と田島は、それとなく周囲の通行人の往来に目をやった。

雪が通りに吹き掛けている。雪の中を往き交う人たちも急ぎ足になっている。

元之輔はお嶺の駕籠に、田島がお幸の駕籠に付いて歩いた。

とっぷりと日が暮れ、あたりは薄暗くなっていた。雪明かりがほんのりと道を浮かび上がらせている。

駕籠の把手《とって》に付けた提灯が行く手の道を照らしていた。駕籠舁きたちは掛け声をかけ、威勢よく歩いている。提灯が頼りなく左右に揺れた。

元之輔は、先刻から背後を尾けて来る気配を気にしていた。一定の間隔を空けて、ぴったりと尾けてくる人影がある。殺気はない。ただ、何者かが尾行している。

神田川《かんだがわ》の岸辺に出た。やがて昌平橋《しょうへいばし》の袂《たもと》に差しかかった。

日本橋へは、昌平橋を渡り、筋交《すじかい》橋の広小路を抜けて、大通りを真直ぐ南へ行けば着く。

元之輔は昌平橋の袂で、駕籠舁きたちに手を上げ、駕籠を止めた。

後から田島が急いで元之輔に駆け寄った。

「田島、駕籠を護って、先に橋を渡れ。誰か尾けている。わしが、ここで何者かを確かめる」

「分かりました」

田島は後ろの駕籠の駕籠舁きたちを手招きした。一瞬、お幸の駕籠に黒い影が走り寄った。

「お幸、危ない」

元之輔は咄嗟に後ろの駕籠に走った。一瞬早く黒い影がお幸の駕籠に駆け寄った。

駕籠舁きたちが慌てて駕籠から飛び退いた。

「待て。曲者《くせもの》」

黒い影は元之輔が駆け付けるのを見ると、さっと駕籠から身を翻して、降る雪の中に走り去った。

「大丈夫か、お幸」

元之輔は駕籠の引き戸を開けた。駕籠の中ではお幸が吊り紐にしがみついて震えていた。

「……大丈夫です」

暗い駕籠の中で、お幸は着物の襟元を合わせながら答えた。何事もなさそうだった。

「逃げ足の速い野郎だ。一瞬の隙を突かれた」

駆け付けた田島がぼやいた。

「どうなさったのです?」

前の駕籠からお嶺が顔を出した。

「大丈夫だ。何者かが尾けて来たが、慌てて退散した。心配いたすな」

「はい。お幸、大丈夫？」

「はい。お母さま、大丈夫です」

「では、参ろう。駕籠昇きたち、出発だ」

「へい、合点でさあ」

駕籠昇きたちは二挺の宝泉寺駕籠を担ぎ、橋を渡りはじめた。

田島が歩きながら言った。

「何者ですかね。あの笹川たちの手先ですかね。侍ではなさそうでしたが」

「うむ」

元之輔は、影の素早い身のこなしから、あの町奴ではないか、と思った。

二挺の駕籠は無事に橋を渡った。背後を見たが、尾行している気配はない。

元之輔は田島に言った。

「田島、この雪だ。先を急ごう」

「そうですな」

元之輔と田島は、駕籠昇きたちに合わせて、急ぎ足で大通りを歩き出した。

六

翌朝、昨日の雪がまるで嘘だったかのようにからりと晴れ上がった。庭に薄く積もった雪が、わずかに昨夜の雪の名残りを留めていた。

元之輔は田島と勘助を連れて、湯島天神の芝居小屋を訪れた。出て来た太夫元の円之丞は驚いた。

「どうしなさったのでございます？」

「まだ公演前に、おぬしたちを、その化物屋敷に連れて行こうと思ってな」

「……化物屋敷でございますか」

「昨日は、初日のため、迎えの侍は来なかったろうが、今日からは分からぬぞ。役者たちを迎えに来たら、どうする？」

「どうすると言われましても」

円之丞は少し考え込んだ。

「もし、役者たちがまた屋敷に呼ばれて、そのまま帰らないということにでもなったら、いかがいたすのだ？」

「分かりました。私が参ります。この目で確かめます」

円之丞は覚悟を決めたように言った。

「太夫元、私も行きます」

後から左団次が声をかけた。左団次の後から右団次、団之助が顔を出した。

「私も確かめたい」

「私も」

「いや。おまえたちは公演を控えておるではないか。わし一人でいい」

「公演は前座の後ですから、それまで十分に暇があります」

「ぜひとも、連れて行ってください」

「昼間のうちに、その屋敷を見ておかないと、安心出来ません」

左団次も右団次も団之助も真剣な眼差しで円之丞を見た。一歩も引かぬ形相だった。

「……分かりました。では、みんなで行きましょう。すぐに支度をしなさい」

左団次たち三人は、元之輔たちに頭を下げた。

「少々、お待ちください。すぐに支度をしますので」

勘助が先に立って急ぎ足で歩いた。続いて田島が、ついで元之輔と太夫元が足早に行く。その後から、左団次ら役者たちを乗せた宝泉寺駕籠三挺が連なって行く。

左団次たちを駕籠に乗せたのは午後には公演があるからだったが、それ以上に、人気役者が通りを歩けば、すぐに人だかりが出来、大騒ぎになるのが目に見えていたからだ。

それに人気役者がどこへ行くのか、と興味津々の野次馬を引き連れて行く羽目になる。

元之輔は駕籠の脇に付き添って歩きながら、駕籠の中の左団次に話しかけた。

「おぬし、駕籠の引き戸の隙間から、外を見ておったのだろう？　道が違うと思ったら、すぐに申せ」

「はい。ですが、夜でしたので、通りがだいぶ違って見えます」

引き戸の陰から左団次の不安そうな声が聞こえた。

「気付いたことがあったら、でいい」

「はい。そうします。御隠居様、わたしどものために、いろいろご迷惑をおかけします」

「わしも、楽しんで、やっておる。心配するな。嫌だったら用心棒なんぞやらずにのんびり暮らす。最近、この稼業が生甲斐になっておる。老後を暮らす金にもなるしな」

「さようで。私たち役者も好きでなければ、やれぬ仕事です。人気があるうちが華。落ち目になれば、人に見向きもされない寂しい稼業です。それでも、演じている自分が好きでやってます。きっと死ぬまで、役者をやるでしょう」

「うむ。それが生甲斐だろうからな。分かる気がする」

「最期まで役者として舞台で死ねれば、本望です」

「なるほどな」

元之輔は懐手をしながら考えた。

あらためて、己れの死を思った。人はいずれ死ぬ。それは誰も避けられない。しかし、己れは、どのような最期を迎えたら、本望だと言えるのだろう。

用心棒稼業はたしかに面白い。それは他人の人生が見えるからだ。他人の幸せを守るために、命が張れるのも生甲斐だった。だが、あらためて考えると、己れの人生は、それだけなのか。もっと生きているうちに、何か満足出来る生き方があるのではないのか。

孔子曰く。

吾十有五《じゅうご》にして学に志す。三十にして立つ。四十にして惑わず。五十にして天命を知る。六十にして耳順《したご》う。七十にして心の欲するところに従えども、矩《のり》をこえず、か。

己れは、どうだったか？　四十にして惑い、やっと五十にして志を立てた。六十になって一念発起し、事をなさんと江戸家老を辞した。そして、用心棒稼業に励んでいる。

それがしにとっての事とは何だ？

「御隠居、着きましたぞ」

田島の声に、元之輔は物思いをやめた。

いつの間にか、築地塀沿いの道の一番奥の門前に立っていた。片番所付の長屋門に潜《くぐ》り戸が付いた両開きの扉が見える。片番所の物見に、番人の気配はなかった。やはり無人だ。

「ここへ連れて来られたというのですか」

円之丞は心配気に周りを見回した。向かいの神社に参拝する人影があったが、こちらを見る気配はなかった。

「ここへ来たのですか」

駕籠から下りた左団次も、厳《いか》つい黒い門扉を眺めながら嘆息《たんそく》した。後ろの駕籠から下りた右団次と団之助も、左団次と並んで武家門を見ている。

元之輔は三人に尋ねた。

「見覚えはあるかな？」

「暗かったし、引き戸の窓の隙間から覗いただけなので、分かりません」

「でも、門番らしい人はいた。駕籠に付いていた侍と何事か話していましたから」

「門扉が軋《きし》みながら開く気配もありました」

左団次たちは互いに顔を見合わせながら、もごもごと答えた。

武家門は人けなく静まり返っていた。勘助が何度も潜り戸を叩いた。だが、潜り戸は固く閉じられたままだった。

左団次たちが、門扉を押したがびくともしない。三人は扉の隙間から代わる代わるに邸内を覗き、信じられないと呟いていた。

「御隠居様、本当にこちらなのですか」

「うむ。おぬしたちが連れて来られたのは、この武家屋敷だ。御忍駕籠を尾行した勘助が、そう確認している」

「中に入れますか？」

左団次がまだ信じられないという面持ちで訊いた。

「わしらは裏木戸から入った。いまも裏木戸に閂が掛かっていなければ入れるだろう」

元之輔は勘助に行けと目配せした。勘助はうなずいた。

「こちらにどうぞ」

勘助は築地塀が切れた角《かど》を折れて、細い路地に、みんなを案内した。路地には、昨日の雪が薄く積もっていた。

「拙者が先に」

田島が勘助と一緒に路地へ入った。

元之輔は円之丞や左団次たちを連れて、二人の後に続いた。

勘助は路地の中程にある裏木戸を押した。木戸は何の抵抗もなく開いた。閂は掛かっていない。勘助が身を翻して邸内に消えた。ついで田島が裏木戸を押して入る。

元之輔は二人の後に続いた。すぐに草茫々の裏庭に出た。裏庭にはうっすらと雪が積もっていた。雪の上に、勘助と田島が歩いた足跡のほかに、人の足跡はない。

屋敷は森閑《しんかん》として人けなく佇んでいた。以前に訪れた時と同じく静まり返っていた。

勘助と田島がいち早く屋敷の裏手の戸口に立って引き戸を開けようとしていた。だが、中から戸に心張り棒が掛けられて開かなかった。それでも、二人はがたがたと戸を揺す振っている。

「表に回るぞ」

元之輔は先に立って、表側の枯れ山水の庭に歩いた。築山や庭木にはうっすらと雪が積もっていた。池には氷が張っている。薄く雪で覆われた白洲には人の歩いた跡はなかった。

築山の滝は涸れ、水は落ちていなかった。鹿威しの竹筒は雪を被ったままだった。

庭に面した廊下の雨戸はぴったりと閉じられたままだった。屋敷の様子に変わったところはない。

後から付いて来る左団次たちは、こそこそと話し合っている。この屋敷だとは、まだ信じられない様子だった。

竹柵の垣根の木戸を開け、玄関前の砂利道に出た。うっすらと雪に覆われた砂利道には、乱れた足跡が多数あった。だが、いずれも雪が降る前の足跡だった。

元之輔は玄関の引き戸に手をかけた。やはり心張り棒が掛かっていた。

「あ、ここ、なんとなく見覚えがある」

左団次が小さな声で告げた。左団次は、玄関の脇に立っている山茶花《さざんか》の木を指差した。

「私は帰り際、何かに躓《つまず》いて転びかけたんです。その時、被せられていた布袋の端がめくれて、山茶花が目に入ったんです」

「暗いのに、よく分かったな」

円之丞が訝った。

「手を引いてくれた侍が提灯を持っていたので、その明かりで見えたんです」

左団次はしげしげと玄関先を見回していた。

団之助が不意に後ろを振り向いて言った。

「……あの人たちがいない」

後ろに居たはずの田島と勘助の姿がなかった。

「消えた」

右団次も立ち竦んだ。左団次も体を硬直させた。円之丞は気丈に三人の役者たちを庇うように前に出て、いま来たばかりの庭を睨んだ。

「心配いたすな。二人はきっと裏手に回ったのだろう」

元之輔は笑った。みんな化物屋敷だと聞いてびくついていた。円之丞たちは、元之輔の言葉に安堵した様子だった。

突然、玄関に物音が起こった。いきなり引き戸ががらり開いた。

左団次たちは小さく悲鳴を上げ、互いに身を寄せ合った。円之丞も逃げ腰になっていた。

「…………」

元之輔は刀に手を掛け、玄関先を睨んだ。不意打ちに備えて身構えた。

引き戸の後ろから、田島が顔を出した。

「御隠居、裏口が開きました」

一瞬、元之輔は気が抜けた。

「……田島か。脅かすな。化物かと思ったぞ」

田島の後ろから勘助の顔も覗いている。

「どうして、おぬしたち屋敷の中に」

「入ったか、と言うんでしょう？　二人で裏口の戸をがたがたと揺す振っているうちに、戸に掛けてあった心張り棒が、ぽろりと外れ落ちたんです」

円之丞がほっとした顔になった。

「ああ、田島さんたちでしたか。驚いた。本物のお化けが出たかと肝《きも》を冷やしましたよ。なあ、みんな」

円之丞が照れ笑いしながら、左団次たちを振り向いた。左団次たちも、みなほっと安堵して笑い合っていた。

元之輔は玄関の内に足を踏み入れた。

「どれ、太夫元たちも、入ってくれ」

元之輔は上がり框の前で雪駄を脱いで上がった。誰もいない空き家だとはいえ、他人の家だ。土足で上がって汚すことは避けたい。

円之丞たちも、素直に雪駄を脱いで、玄関の床に上がった。

「たしかに、この廊下だった」

左団次が叫ぶように言った。左団次は廊下を静々と歩いた。歩く度に床板が軋んだ。

「そうこの音。この音だった」

「ほんとだ。鶯《うぐいす》張りの床の音だった」

「この音、この音。たしかに間違いない」

団之助と右団次も口を揃えて言った。

元之輔は廊下を進み、大広間の障子戸の前に出た。雨戸の節目や隙間から陽光が斜めに廊下に差し込んでくる。

元之輔は障子戸を無造作に開けた。薄暗いが大広間が目の前に広がった。

左団次たちは、無言のまま、大広間に足を踏み入れた。三人は、それぞれに、床《とこ》の間《ま》や襖を見て回った。

襖を開けると、次の間が見え、さらに大広間は広くなる。三人は広間を歩き回り、いろんな箇所で立ち止まっては、手で触ったりしていた。

元之輔はしばらく三人を放って置いた。やがて、頃合を見て声をかけた。

「どうだ？　何か見覚えはあるかな？」

左団次は床の間の柱に触りながら、掛け軸があったあたりを指して言った。

「この床の間の壁に、北斎《ほくさい》の赤富士の絵の掛け軸が掛かっていた。見覚えがあります。この床の間の前に、奥方様がお座りになっていた。金の屏風が隣の座敷との仕切りに立てられていて、私は大津絵道成寺の踊りの際、金屏風の陰に入って、素早く衣裳を替えて出て行くと、必ず、奥方様の笑顔と、後ろの赤富士が目に入った。いまは、掛け軸も金屏風もないけど、たしかに、この床の間の柱だと覚えています」

右団次は舞いを舞う仕草をしながら、隣との境の襖を指した。

「私は、この襖にある丹頂鶴《たんちょうづる》の絵を覚えています。この襖を背にして舞いを舞いましたからね」

団之助は反対側の襖を指した。そこには竹藪から出て来る虎の絵が描かれていた。

「私は、あの虎を覚えています。ありふれた絵柄ですが、あの虎には、どこか王者の風格と威厳がある。いまにも竹藪から飛び出して来そうに見えたのを覚えてますな」

左団次が大きくうなずいた。

「御隠居様、たしかに、この広間での酒宴でした。目を瞑《つむ》ると、御女中たちのざわめきや笑いが聞こえてきそうな気がします。ここです。間違いありません」

「そうか。やはり、ここに間違いないというのだな」

元之輔は腕組みをした。田島も浮かぬ顔をしていた。同じ思いを抱いているのだろう。

左団次が呟いた。

「だけど、そうだとしたら、御女中たちは、どこに居るのだろう?」

右団次が言葉を継いだ。

「ここに居ないとしたら、いったい、どこかほかから、この屋敷に御出でになる?」

団之助は左団次と右団次の顔を見た。

「あの人たちは、この世に居ない? あの世の人たち?」

三人は互いに顔を見合わせ、身震いした。

円之丞が喚き出した。

「御隠居様、ここを出ましょう。この屋敷は、やっぱり化物が棲む館だ。こんなところに、ぐずぐずしていたら、亡霊たちに取り憑かれて、死んでしまう」

「そうしましょう。さあ、出ましょう」

団之助も、左団次、右団次を促し、玄関へと小走りに急いだ。円之丞が後を追った。

「御隠居様、早く」

元之輔は勘助に言った。

「門の潜り戸を開け、みんなを外に出せ」

「御隠居様は？」

「いましばし、若党と調べたいことがある。おぬしも、みんなと一緒に先に帰れ」

「へい。じゃあ、お先に」

勘助は広間から、どたどたと足音も高く駆け出して行った。

「御隠居、何を調べるんで？」

田島はあたりを見回した。

「おぬし、ここで宴会する御女中たちは、亡霊だと思うか？」

「……でなかったら、御隠居は、何だと思うんですか？」

田島もやや怯えた顔になっていた。

「なんか、からくりがあるような気がする」

「からくり？　どんなからくりがある、というんです？」

「それを調べたい」

元之輔は廊下に出、ずかずかと奥へ進んだ。

「御隠居、どちらへ御出でになるんです？」

「開かずの間だ。田島、一緒に参れ」

「開かずの間ですか」

厠の前を通り、開かずの間の板戸の前で足を止めた。

元之輔は板戸に手をかけ、力を込めて引っ張り開けようとした。田島も一緒に板戸に手を掛け、力を合わせた。だが、板戸はびくともしなかった。まるで、板戸は壁に張り付いているかのようだった。

「どこかに開ける手立てがあるはずだ。そうでなければ、板戸は見せ掛けということに……」

元之輔の頭に何かが閃いた。

「田島、ちょっと来い。厠だ」

「厠ですかい？」

戸惑う田島を連れ、厠の前に戻った。

「前に厠から女の声がした、と言ったな」

「はい。入ってます、と」

「亡霊が用を足すと思うか？」

元之輔は笑いながら、厠の戸を引き開けた。

「いえ。亡霊が用を足すって話は聞いたことがありません」

「わしもだ。だから……」

男便所の前を通り、女便所の扉を開けた。ふたつある個室は、どちらも空だった。

「女の声は、本物の人間様の声だ」

「と申されても」

元之輔は便器の中を覗いた。

「おかしいな。ない」

「何がないんです？」

「出入口だよ」

「御隠居、いくらなんでも、便所の肥溜めから、人が出入りするなんて」

元之輔は個室から通路に出た。反対側の壁に物入れの戸棚がある。

「残るはここしかないか」

元之輔は戸棚の引き戸を開けた。掃除道具などが置かれた棚が見えた。

「御隠居、諦めましょう」

「待て」

元之輔は棚を揺すった。かすかに蝶番《ちょうつがい》の軋む音が聞こえた。棚を上に持ち上げ、ゆっくりと引いた。棚の全段がそっくり動き、扉のように開いた。壁に真っ暗な穴が見えた。

「御隠居、これは」

「どこかへ通じる抜け穴だ」

元之輔は穴に身を入れた。人一人がようやく抜けられる広さだ。中は真っ暗闇だった。手探りで進むと直ぐに壁に突き当たった。

壁に沿って右へ進むと、すぐに壁になっている。向きを変え、左手に行くと、どうやら通路になっているのが分かった。だが、明かりがないと、手探りでは、行く手に何があるか分からず、容易には進めそうにない。

元之輔は穴から戻った。

「蠟燭か松明《たいまつ》がないと無理だな」

「棚にあるかも知れません」

田島は棚を元に戻し、棚を手探りで捜しはじめた。

元之輔は穴に入り、突き当たった壁を左に進む先を推察した。方角としては、通路は開かずの間に繋がっている。

「御隠居、蠟燭がありました。何本も。ですが、火打ち石がありません」

「火種がなければ蠟燭も役に立たぬ。それよりも、田島、おぬし、開かずの間の戸に戻ってくれぬか」

「は、はい。でも、どうしてです？」

「この穴、方角として開かずの間に通じている。開かずの間の戸を叩いて音を立ててくれぬか」

「分かりました。やってみます」

田島は厠を出て廊下に戻った。

元之輔はいま一度、穴の中に潜り込んだ。鼻を摘まれても分からない真っ暗闇の中、壁伝いにそろそろと左手へ進む。

行く手の闇に、どんどんと戸を叩く音が響いた。

「御隠居、大丈夫ですか。御隠居」

元之輔は手探りで歩みながら、大声で怒鳴った。

「田島、もっと戸を揺す振れ。その音を頼りに暗闇を進む」

「分かりました」

田島は戸を激しく叩いたり、揺すったりしはじめた。

不意に手探りしていた壁がなくなった。穴の通路から広い空間に出たのだ。すると、左手の板壁が激しく叩かれ、ぶるぶると揺すられている。板壁越しに田島のくぐもった声がする。手探りすると、板壁ではなく板戸と分かった。

「田島、揺すれ。力一杯戸を揺すれ」

「はい」

田島の返事が聞こえた。元之輔は板戸をまさぐった。板戸の背後に閂が掛けられていた。

板戸は引き戸ではなかった。片側に蝶番があった。元之輔は閂を持ち上げて、止め金から外した。板戸ががたりと軋み、廊下側に大きく開いた。

田島が廊下に立っていた。

「御隠居、ご無事で」

「無事に決まっておる。田島、ここを見ろ」

ほのかな明るさが開かずの間の中を照らした。開かずの間には、幅が広い石の階段が下に延びていた。

階段の下には薄ぼんやりとした廊下が見えた。

「この階段なら、大勢の人間が上り下り出来ますな」

「どこに通じているかは分からぬが、御女中たちは、この階段の通路を使って、この屋敷に出入りしている。御女中たちは亡霊ではない。本物の人間だ」

「たしかに。やりましたな、御隠居」

「これで、からくりが分かったな」

元之輔は田島と笑い合った。

「よし。からくりが分かったら、しばらく、このことは内緒にする。大奥の御女中たちの楽しみを無下に奪うのも、可哀想だからな」

「そうですな。実害さえなければ、しばらく、このままにしておきましょうか」

田島も元之輔の考えに賛成した。

七

元之輔が田島と座敷で茶を飲みながら話をしていると、勘助が朗らかな顔で廊下に現われた。

「御隠居様、田島様、おはようさんでございやす」

勘助は機嫌がいい。どうやら、いい報せを持って来た様子だった。

「御隠居様、あの化物屋敷について、また一つ、分かったことがありやした」

「なにが分かったのだ？」

「折助のダチによると、あの屋敷は常陸《ひたち》水戸藩が信州松平家から無償で譲り受けたそうなんで。水戸本家は、それを支藩である常陸宍《しし》田《ど》藩に、さらに譲渡したそうなんです」

常陸宍田藩については元之輔も知っていた。禄高は一万石と小さいが、水戸本家直系の家門《かもん》として力があり、幕閣も出している。

「そうか。では、いまは水戸藩支藩の屋敷だというのだな」

「へい。ですが、まったく使われておらず、空き家同然とのことでした。せいぜい、年の暮と夏に掃除や手入れがある程度で、普段は無人のままほったらかしにされているとのこと」

「無償でというのが、少々、引っ掛かるな」

「え？　なんでです？」

勘助はびくついた。

た。


「のう。田島、そう思わぬか」

「そうですね。訳あり物件ってことですかね」

「うむ。化物が棲みついておれば、致し方ないってことだな」元之輔はにやりと笑った。

「それで譲られた水戸本家も困って、支藩に押しつけたのかも知れませんな」

田島が調子を合わせた。

「じゃあ、やっぱ、あそこには化物が棲み着いているってんで。くわばらくわばら」

「勘助、あの屋敷の化物の恨みを買い、取り憑かれぬよう用心しろよ」

元之輔は押し殺した声で言った。

勘助はぶるっと縮み上がった。

「……御隠居様、脅かしっこなしですぜ。アブラウンケンソワカ、アブラウンケンソワカ。指切った！」

勘助はまじないを言い、指を切る仕草をして、厄祓《やくばら》いをした。

田島が笑った。

「冗談、冗談だ。勘助、気にするな。御隠居は、化物が苦手のおぬしをからかっているだけだ」

元之輔は手にした蜜柑《みかん》を勘助に放った。勘助は蜜柑を受け取った。

「それは、からかった詫びだ」

「御隠居様はお人が悪いんだから。あっしが幽霊、化物の類に滅法弱いと知ってて、そんなことを言うんだから」

田島が勘助に座敷に上がるように促しながら、訊いた。

「ほかにも分かったことがあるんだろう？　何だ」

勘助は蜜柑を片手に持ちながら、座敷に上がり、膝行して、元之輔の前に座った。

「笹川って浪人者と一緒にいた、目付きの鋭い野郎の正体が分かりやした。名前は、九木剣之介《くきけんのすけ》、こちらは北辰一刀流《ほくしんいっとうりゅう》の遣い手だそうです」

「誰から聞いた？」

「居酒屋瓢簞の常連のダチでさあ。そのダチに探ってもらったんでさ。九木って浪人は、笹川と連れ立って、よく瓢簞に飲みに来るそうなんで」

「九木剣之介は、どこの家中だったのか？」

「信濃上田藩らしいです。酒と博奕《ばくち》で身を崩し、借金だらけで、女房にも逃げられたって話でした。それで上田藩から追放させられたそうなんで。俸禄もなくなり、素浪人に身を落としたそうで」

「さようか。ならば九木はあの屋敷に詳しんだな」

台所から下男の房吉が現われ、茶を持って来た。房吉は勘助にお茶を出した。勘助は恐縮して茶を受け取った。

元之輔は、腕組みをした。

「そんな九木が、どうして、仕官を望む笹川久兵衛と一緒にいるのかな」

田島が言った。

「もう一人、どこかの家中の侍がいたそうではないですか。そいつが、二人を結び付けたということでは」

勘助が茶を啜りながらうなずいた。

「あたりでやす。瓢箪に出入りしているダチの話では、瓢箪で九木と笹川と、もう一人、身形のいい侍が、三人で、卓台を囲み、ひそひそと何事か話をしていたそうでした」

「その侍というのは、誰か分かるか」

「へい。ダチが気を利かせて、三人が外に出た後、密かに尾けて行ったそうです。すると、お侍は二人と別れた後、寺社奉行の松平様のお屋敷に入って行ったそうです」

「なに、寺社奉行の松平様の屋敷に？」

元之輔は田島と顔を見合わせた。

寺社奉行は定員四人の輪番制で、いずれも一万石以上の譜代大名から選任される。勘定奉行と町奉行が旗本から選任されるのに対して、譜代大名が選任されるので、三奉行の最上位になる。ほかの二奉行が老中支配に対して、寺社奉行は将軍直属だった。

さらに寺社奉行は、将軍への奏者番《そうしやばん》も兼任しており、いわば徳川将軍の側近中の側近になる。

いまの寺社奉行は三河西島《みかわにしじま》藩主松平憲厚《のりあつ》。

寺社奉行は、全国の寺院や神社を取り仕切る強大な権力を持っている。当然のこと、寺社の境内で催される宮地芝居など小芝居は、寺社奉行の統制を受けている。

「太夫元の円之丞が、寺社奉行の側用人から頼まれ、拒めずに左団次たちを怪しい酒宴に出したと申しておったな」

「はい。たしか側用人は河合鈴之介とか申してましたが」

「もしかして、その侍は河合鈴之介ではないのか」

「ありうることですな」

元之輔は勘助に向いた。その侍を見ているのは、三人のうちで勘助だけだった。

「勘助、おぬし、その侍の顔や身形、風体に何か覚えはないか?」

「……へい」

勘助は考え込んだ。

「たっぱはあまり高くなく、五尺三寸ほど。まあまあ端正な面立ちをしています。男前といえば男前な方です。そういえば、仏様のように額の中央に黒子《ほくろ》がありました」

「額の真ん中に黒子か。それだけ分かれば十分だ」

元之輔はうなずいた。

田島が訝った。

「ところで、御隠居、その三人が、どうして、あの屋敷に出入りしていたんですかね」

「うむ。それが、もう一つ謎だな」

「それに、その三人が、なぜ、お嶺さんやお幸に目を付けているのかも、謎ですよ」

「たしかに。なぜ、お嶺たちは、九木や笹川に狙われておるのかのう」

元之輔は腕組みをし、目を瞑った。

ほかにも謎はある。左団次たちを呼んで酒宴を開く奥女中たちと、屋敷に出入りする浪人者二人と額に黒子の侍は、どういう関係があるのか。同じ屋敷に出入りしているということは、何かで結びついているからだ。

それに、もう一つの大きな謎は、あの開かずの間にあった階段を下りたら、どこに通じるのか？　おそらくは、隣の水戸藩邸。

勘助が聞き込んだ話では、あの屋敷はいまは水戸藩の支藩常陸宍田藩の邸だという。裏の水戸藩に通路が繫がっていてもおかしくない。

松明を用意し、一度、通路を辿って見るか。どこへ出るか、お楽しみだ。ただ、通路から出た途端に、曲者として捕まり、不法侵入者として打ち首にされる危険がある。そんな危険は謹まねばなるまい。正当な理由なく、そんな冒険は出来ない。

「御隠居、どうやら、お客さんですよ」

田島が元之輔に言った。元之輔は目を開けた。

生け垣の向こうに、口入れ屋の扇屋伝兵衛と伊勢屋清兵衛の急ぐ姿が見えた。

二人とも、慌てふためいている。

「じゃあ、あっしは、これで」

勘助は引き揚げようとした。

「勘助、待て。もしかすると、おぬしにも動いてもらう必要があるかも知れん」

「へい。そうでやすか」

勘助は上げた腰を下ろしかけた。田島が囲炉裏端《いろりばた》を指した。

「囲炉裏端で飯でも食べて寛《くつろ》いでいろ。お済に飯の用意をさせよう」

「ありがとうございやす。では」

勘助は囲炉裏端に移った。

玄関先に伝兵衛が訪いを告げるのが聞こえた。

八

「娘のお幸が攫《さら》われました」

清兵衛は青ざめた顔で言った。

「なに、いつ、攫われたのだ？」

元之輔は、冷や水を頭から掛けられた思いがした。

「今朝のことです。人手が足りなくて、ついうっかり、お幸にお使いを頼んだのです。同じ日本橋の懇意にしている仕立屋さんに、さるお武家の御新造さんが注文なさった反物《たんもの》を届けるように言ったんです。ほんの一丁と離れていない仕立屋なので、すぐに帰って来るだろうと安心していたんです。これまでも、お幸には何度も手伝わせていたので、今回も気軽に頼んだんです。娘も、いつもと変わらず、近くだからと、一人で反物を持って出掛けた。そうしたら、いつまでたっても帰らない。それで番頭さんに迎えに行かせたのですが、反物を届けた後、すぐに帰ったというんです」

「ううむ。誰か、お幸を拐かすのを見ていなかったのか？」

元之輔は内心、しまったと思った。お嶺とお幸を守るのが仕事だ。芝居見物の往き帰りだけでなく、本来ならば、二人の外出には、元之輔がそれとなく付いていってしかるべきだった。

「それで、何か脅迫状とか、要求書とかは、届いておらぬのか？」

「はい。何も届いていません」

「お嶺どのは、どうなさっておられる？」

「もう半狂乱になって、私にも八つ当りしております。あなたが悪いのよ、と」

「いや、責められるのは、用心棒のわしだ」

口には出さなかったが、どうして、うっかりして警護しなかったのか、といまごろになって思う。

「いや、悪いのは、私めにございます。もしかして、こんなことも起きるのではないか、と思っていたのに、御隠居様に、何も相談しておらなかったからです」

「清兵衛、お幸が拐かされるかも知れない理由があったのか」

「はい。お話ししておかずに内緒にしていて、申し訳ありません」

清兵衛は頭を下げた。

扇屋伝兵衛が口を添えた。

「私も、清兵衛殿から、お話を伺っていて、これは、ぜひ、御隠居にお話ししておいた方がいいですぞ、と言っていた矢先なのです。まさか、こんなことが、すぐに起こるとは、想像だにしませんでしたから」

元之輔は、伝兵衛に向いた。

「なに、伝兵衛、おぬし、事情が分かっていながら、わしに内緒にしておったのか」

伝兵衛は慌てて手を振った。

「いやいや、私からは言えません。当事者の清兵衛さんから伝えねば。私は清兵衛さんから、ほんの一部の話をお聞きしただけでしたし」

元之輔は田島と顔を見合わせた。田島も困った顔をしている。

「清兵衛、その事情というのを聞かせてくれぬか」

「はい。申し上げます。実は、お幸の出生の秘密です。お幸は、私の血を引く子ではありません」

「なんと。では、誰の子なのだ？」

「……さる御殿様の御子なのです」

「その御殿様というのは？」

「……ううむ」

清兵衛は言い淀んだ。

「それを申さねばなりませぬか」

「……わしは口は固い。ここにいる田島も勘助も、わしが許さぬ限り、固く口を閉ざす。信用しろ。でないと、おぬしの大事な娘お幸を取り戻すことが出来ないぞ」

元之輔は、清兵衛が血は繋がらずとも、お幸を自分の娘のように思っていると踏んだ。きっと清兵衛は、お幸のためなら、命も惜しくないと思っている。それはこれまで、清兵衛とお嶺やお幸のやりとりを見て感じたことだった。

「分かりました。申し上げます。お幸は、徳川斉暢《なりのぶ》様の隠し子にございます」

「なに徳川斉暢様といえば、御三家水戸本家の第八代藩主ではないか」

「はい。さようでございます」

元之輔は、思わぬことに言葉を呑み込んだ。

江戸家老時代に、水戸藩の世継についての噂を耳にしていた。斉暢様は病弱で、正室に子がおらず、養子を迎えようとする派と、部屋住みの弟斉穐《なりあき》をお世継にしようとする派とが対立抗争していると聞いた。

その斉暢様に女子とはいえ、血の繋がった御子がいたとは、初耳だった。

元之輔は、先日清兵衛を訪ねていた恰幅のいい武家を思い出した。

「先日、水戸藩留守居役で家老の友部顕人《ともべあきと》殿が、おぬしに会いに来ておったな」

「……はい。よくご存知で」

「おぬしは友部顕人殿から、何かを言われたのだろう。それはお幸についてか」

「はい。……」

清兵衛は元之輔の観察眼に舌を巻いた様子だった。

「おぬし友部殿を見送りに出た際、青い顔をしておった。そして、友部殿はおぬしに、何事か、念を押しておった。おぬしは、ひどく困った顔をしておった。どういうことかな」

「はい。正直に申し上げます。友部顕人様は、お幸を城に戻せとおっしゃるのです」

「どうして城に戻せと言うのだ？」

「斉暢様は、ご病弱で、いつ亡くなるか分からない状態にある。この際、数少ない御子のうちで、お幸は女子だが、殿は自分と血の繋がった子どもとして、ぜひ水戸家に戻してほしいと熱望されている、とおっしゃるのです」

「待て、お嶺は斉暢様がお手を付けた御女中だったのか？」

「はい。斉暢様は、御下方《おしたかた》だったお嶺に一目惚れなさり、お手を付けたのです。それで、お嶺は懐妊したのですが、それを知った正室のお邦《くに》様が、お嶺を宿下がりにさせ、そのまま城には戻さなかったのです」

御下方は大奥では、御傍《おそば》と御次《おつぎ》の間《あいだ》にある御役で、三味線や太鼓、鼓、笛、唄、踊りなどの芸が達者な若い美女たちが集められた。宴席などで、御下方は余興に芸を披露する。

お嶺もそうした御下方の一人として、宴席で踊った折に、殿に見初《みそ》められたのだろう。

「お嶺は、町家の娘か？」

「はい。礼儀作法を身に付けるために、奥へ上がったのです」

「清兵衛は、どういう縁で、お嶺を嫁に迎えたのだ？」

「お嶺は、もともと、伊勢屋本家の娘でした。私が伊勢屋の暖簾を受けて、日本橋に店を開き、ようやく商売繁盛になった時、本家からお嶺を嫁にしないか、というお話があったのです。もちろん、喜んで私は結納を交わしました。その矢先に、本家の意向で、お嶺は水戸藩の大奥に上がったのです」

「そうだったのか。では、宿下がりしたら、おぬしが引き受けるのは無理ないことだな」

「でも、初めは、正直嫌でした。お手付きになった中臈《ちゅうろう》の宿下がりを貰うなんて、と。業界でも噂になりますしね。ですが、斉暢様から呼ばれて、くれぐれもお嶺のことを頼むと言われたのです」

「ほほう。それで、お嶺を引き受けた。お腹の子を承知の上でだな」

「はい。斉暢様は生まれる御子のことも、ぜひ、幸せにしてほしいと申されていました。斉暢様は、側室の茜《あかね》様のように、お嶺を側室として城に残せないことを非常に悔やんでいらっしゃいました。それで、自分はお嶺を幸せに出来ぬ。代わりに、私にくれぐれも、よろしく頼むと申されていたのです」

「そうか。斉暢様も、お嶺によほど御執心だったのだな」

「ところが、その直後のことです。斉暢様の側用人が、私に耳打ちしたのです。もし、お嶺が産んだ子が男子だったら、城に戻し、世継にするので、覚悟しておくようにとおっしゃった。嫌だとは申し上げることが出来ませんでした。だが、嬉しいことに、生まれたのは娘でした」

「ははは。嬉しいか？」

「はい。以前にも増して美しくなったお嶺に再会し、私は惚れ直しました。終生お嶺を大事にすると神仏に誓いました。そして、お嶺の子は、たとえ、私と血が繋がっていなくても、私の子として育てようと思いました。男子が生まれたら、取り上げられると聞いて、内心、神様に、どうか女子を、お嶺のような綺麗な娘を、とお願いしていたのです。ですから、娘が生まれた時は、神様がその願いを叶えてくれたと大喜びをしたのです」

「なるほど。親心だな」

元之輔は心が和んだ。

清兵衛は、顔を歪めた。

「そんなことで、私は斉暢様との縁が切れたと安心していたのです。ところが、突然、友部顕人様がやって来られて、ぜひ、お幸を城に戻せ、と言うのです」

「どうして、突然に。斉暢様が心変わりしたのか?」

「今度は、正室のお邦様が、熱心にお幸を戻すように言って来ているのです」

「なぜ、お邦様が、そのようなことを言ってきたのだ?」

「側室の茜様との勢力争い、それと、斉暢様の弟の斉穐様との世継問題があるようです」

「どういうことだ？」

「正室のお邦様には子がおりません。そのこともあって、お邦様に疎まれて、お嶺は大奥から宿下がりさせられたのですが、今度はお邦様は斉暢様の直系であるお幸を城に戻し、己れの正式な養女として婿養子を取ろうというのです。そうして、正室としての権力を維持しようとしているのです」

「なぜ、突然に、そんなことを考えたのかのう」

「側室の茜様が男子を産んだのです。ところが、その男子は病弱で、どうも長生きが望めないそうなのです。だが、茜様は、なんとしても、お世継させたい。それを家老をはじめ、茜様を支持する家臣団が応援しているのです」

「正室は、その側室の動きに対抗した、というのだな」

「そうなのです。正室のお邦様にも応援する家臣団がいるのです。その一人が友部頭人様です」

「それで、どちらが優勢なのだ？」

「どちらとも言えません。そこに、新たに第三の派閥が動いているので、事は複雑なのです」

「第三の派閥だと？」

「はい。友部顕人様の話では、斉暢様の弟で、部屋住みの斉穐様がいらっしゃいます。本来なら、兄君の斉暢様が世子《せいし》なので、第九代藩主は斉暢様の世子が継ぐはずなのですが、その世子がはっきりとしないため、斉穐様を第九代藩主にと望む家臣団が、動き回っているのです」

「それが第三の派閥か、複雑な勢力争いだな。そうか、お幸が拉致されたのは、背後にそういう事情があるというのだな」

「はい。おそらく、そうではないか、と」

「で、清兵衛、お幸を拉致するとしたら、誰だというのだ？」

「私は側室の茜様を支持する派ではないか、と思うのです」

「何か、根拠になるような手紙とか証人とかおるのか？」

「ありません。ただ、仕立屋の帰り道で、若い娘を無理遣りに御忍駕籠に入れる侍たちを見たという者がいます」

「どんな風体の侍たちだ？」

「どこかの家中のちゃんとした侍と、浪人者たちだったとのことでした」

「その目撃証人に会えるか？」

「はい。頼めば、会えるか、と」

「いえ。町奴です。なので町奉行所のお役人も、町奴の証言をあまり信用していない。なんせ、町の嫌われ者ですからね」

「名前は？」

「新吉《しんきち》。親なしの風来坊です。だが、その新吉しか見ていないんです。不思議なことに」

元之輔は、町奴と聞いて、羅漢席でお幸を見ていた町奴の若い衆を思い浮かべた。町奴は伊達男《だておとこ》として男意気を張っているが、やくざか博徒《ばくと》に近い無頼者《ならずもの》が多い。

「御隠居様、なんとか、お幸を捜し出し、取り戻していただけませんか。お嶺も御隠居様を頼りにしています。お願いいたします」

清兵衛は深々と頭を下げた。

「私からも、お願いいたします」

伝兵衛も一緒に頭を下げた。

「分かった。私が用心棒として、お幸に付いていたら、防げた事態だ。私にも責任はある。なんとか、お幸が、どこに連れて行かれたかを突き止め、救出する」

元之輔は田島を見た。田島は腕組みをし、考え込んでいた。囲炉裏端では、勘助が神妙な顔で座っていた。

「清兵衛、では、おぬしは、新吉の所在を調べてくれ。わしが直接会って、侍や浪人者たちのことを聞き出そう」

「はい。分かりました」

清兵衛は深くうなずいた。

「伝兵衛、おぬしにも頼みがある。浪人者で、笹川久兵衛という男を存じておらぬか」

「あ、知っています。何度か用心棒や土方仕事を斡旋したことがあります」

「どこにいるか、分かるか」

「店に戻れば、帳面に住まいなどが書いてあります。見てみましょう。この笹川久兵衛が、人さらいをしたというのですか?」

清兵衛の顔がキッと引き締まった。

「いや、そういうわけではない。浪人者仲間を知っているだろうから、話を聞き出す」

「さようで」

「もう一人、九木剣之介という浪人者は存じておるか?」

「九木剣之介様ねえ。存じません。たぶんうちでは世話していませんね。一度でもお世話したら、私は覚えていますから」

元之輔は振り向いた。

「勘助、駕籠舁きにダチはいないか」

「駕籠舁きですかい？　ダチはいないですが、詳しい折助はいますぜ」

「御忍駕籠といえば、武家や御女中が使う駕籠だ。それも普通の駕籠舁きは担がない。御忍駕籠にお幸を押し込んだとすれば、御忍駕籠を捜すのも、一つの手だ」

「分かりやした。知っている駕籠舁きにあたってみます」

「田島、おぬしは、どうする？」

「私は道を辿り、お幸が連れ去られた先を捜しましょう。日本橋から、あまり遠くないところに、お幸は押し込まれているのではないか、と思いますんで」

「うむ。頼む」

「御隠居様、田島様、勘助様、伝兵衛様、なにとぞ、お幸をお助けください。よろしくお願いします。こう言ってはなんですが、お幸を取り戻すためなら、いくらでもお金は出します。命に金は替えられません」

清兵衛は必死に元之輔に懇願した。

第四章　陰謀《いんぼう》の屋敷

一

元之輔は、日本橋の呉服屋が建ち並ぶ通りに立った。伊勢屋と仕立屋「小糸《こいと》」とは、ほんの一丁と離れていなかった。通りには大勢の通行人が往き交っていた。その多くが女中を連れた武家の御新造や裕福な町家のお内儀たちだった。供侍を従えた御忍駕籠も何挺か往来している。密かに買物に来た武家の奥女中たちだ。

元之輔は腕組みをし、仕立屋「小糸」と伊勢屋の間の通りを睨んだ。お幸は「小糸」を出てすぐに侍たちに襲われ、駕籠に押し込められたらしい。

清兵衛と扇屋伝兵衛、田島が手分けして聞き込みを始めたが、侍たちにお幸が拉致されるのに気付いた人がいなかった。

御忍駕籠は仕立屋「小糸」の近くに留めてあったという。お付きの侍や中間も駕籠舁きたちもしゃんとした格好をしていたので、付近の人たちは、特に変だとは思わず、どこかの御武家の御女中が仕立ての注文に来ているのだろう、と思ったという。

田島が近くの店の人たちへの聞き込みを終えて戻って来た。

「いやあ。みんな見ているようで見ていませんね。御忍駕籠が誰かを待っていたのは知っているが、お幸が御忍駕籠に押し込められたことに気付いた人はいない」

「お幸は叫ばなかったのかな」

「悲鳴や叫び声を立てる間もなかったようです」

「どうやったのか？　よほどの手練《てだれ》だな」

「御忍駕籠の傍には、御女中もいたらしいのです」

「なに！　侍のほかに御女中もいたと申すのか？」

「はい。どこかの御家中らしい侍と御女中が御忍駕籠の脇に控えていたらしいです」

「浪人者ではなかったのか？」

元之輔は訝った。田島は頭を左右に振った。

「いえ、浪人者たちではなく、どこかのちゃんとした御家中の人たちだと思ったそうです」

田島は首を捻った。

通りの先で、清兵衛が町奴や町役人たちと何事か言い合っている。

町奴は着物の肩を捲り上げ、「てめえら、十手持《じって》ちなら、なんとかしろやい」と町奉行所役人の同心や小者《こもの》に怒声を上げていた。

小銀杏髷《こいちょうまげ》の同心は顔を真っ赤にし、刀の柄に手をかけた。

「無礼者、拙者を馬鹿にするのか。けしからん。叩き斬るぞ」

「へ、てやんでえ。斬れるもんなら斬ってみな」

町奴は尻っ端折りした尻を見せ、同心と小者をからかった。

傍らの小者が十手をちらつかせて威嚇していた。

「この野郎、ふざけやがって。八丁堀同心様に盾つくのか」

「てやんでえ。役立たずの岡っ引めが。十手をちらつかせれば、人は言うことを聞くと思ってんだろう。そうはいかねえぜ」

「何を、この野郎。生意気な」

小者は十手を振り回し、町奴を打とうとした。町奴は笑いながら身を翻し、清兵衛の体を盾にして逃げ回った。

「まあまあ、どちらもやめなさい」

清兵衛は双方に手を上げて、喧嘩を止めようとしていた。

「新吉、そう、お役人をからかうでない」

清兵衛は大声で町奴を叱りつけた。同心には、「まあまあ、お役人さんも、落ち着いて」と宥めていた。

「喧嘩だ、喧嘩だ」

「八丁堀と伊達男の喧嘩だ。おもしれえ」

周りには、たちまち通りすがりの人たちが集まり、人だかりが出来はじめた。喧嘩は江戸の花。すぐに物見高い野次馬たちが集まって来る。

「清兵衛、いかがいたした?」

元之輔は田島とともに、野次馬たちの人垣に分け入った。

「ああ、御隠居様」

清兵衛は元之輔たちの顔を見て、ほっとした表情になった。

「御隠居様、この若い者《もん》が、お幸が攫われるところを目撃した新吉です」

清兵衛は町方役人たちに喧嘩腰の町奴を指した。

町奴は芝居小屋で羅漢席から、お幸たちを見ていた若者だった。元之輔と田島は町奴と同心の双方を止めた。

「まあまあ、双方とも落ち着いて話せば分かる。喧嘩はやめなさい」

「なんでえ、爺い。こいつら、話しても分からねえから……」

町奴は元之輔を見て、頭を掻いた。

「いけね。用心棒の隠居爺いだ」

町奴はくるりと身を翻し、逃げようとした。

「待て、新吉。おぬし、見たんだな。お幸が拉致されるところを」

「……あたぼうよ。見たから、お幸を攫ったやつらのことを町方に訴えようとしたら、岡っ引きもへっぽこ役人も、ちっともおれの話を聞こうともしねえ」

新吉は憎々しげに、町方たちを嘲《あざけ》った。

町方同心は鼻で笑った。

「こんな悪党の言うことなんか、誰が信用出来るか。」

「てやんでえ。お幸を攫った連中を教えようとしてんのによ」

元之輔は訊いた。

「新吉、誰が攫ったというんだ」

「どこかの御家中のお武家たちだ。そこの仕立屋んちの近くに御忍駕籠を止めておいてよ。お武家と御女中が待っていて店から出て来たお幸に何か話しかけたんだ。するってえと、お幸は顔色を変えて駕籠に乗り込んだ。お武家の合図で、四人の駕籠舁きが駕籠を担ぎ上げ、威勢よく駆け出した」

同心がふんと笑った。

「御女中も侍も、無理遣り、娘御を駕籠に押し込んだのではないんだろう？　だったら、拐かしたとは言えんだろ」

新吉はむっと詰まった。

「もし、人攫いなら、娘御は嫌がって悲鳴を上げるんじゃないか」

町方同心はどうだ？　という顔をした。

新吉は口を尖らせた。

「だけんどよ、急な用事が出来たんなら、お幸は店にちょっと寄ってよ、誰かに一言いってから出掛けるもんじゃねえんかい」

「それはそうだな」

元之輔はうなずいた。

「なのによ。駕籠は伊勢屋に寄りもせず、お武家や御女中に付き添われて、店とは反対の方角に一目散に駆け出したんだ。その駕籠の後を、目付きの悪い浪人者二人が、あたりを見回しながら付いて行ったんだ」

「そのお武家というのは、どんな風体の侍だった？」

「背丈はあまりなく、黒い紋付羽織に鼠色の袴姿だった」

「どんな紋だ？」

「よく見えなかったな」

「侍の顔は覚えているか？」

「ああ。額に黒々とした黒子がある貧相な男だった」

元之輔にとって額に黒子の男といえば、河合鈴之介だ。なぜ、こんなところに河合が出て来るのだ？

清兵衛も顔色を変えた。

「まさか、河合様が……」

「で、御女中の風体は」

「年増の御女中だったぜ。矢絣《やがすり》の小袖に白い被布を着込んでいた。見るからに御殿女中って顔をしてやがった」

同心が元之輔に言った。

「だから、拙者たちは娘御が何か用事があって、出掛けたんだろうと思った。そのうち、娘御は帰って参るだろう。それを、この男は人攫いだと騒ぎ出しおって」

　同心は周りの野次馬たちに聞こえるように大声で言った。

　清兵衛が頭を振った。

「あの子は、普段、親の私や家内に内緒で、どこかに出掛けるなんてことはない。何か急用が出来たなら、いったん、私たちのところに来て事情を話してから出掛けます。だから、私も心配しているんです」

　同心は困った顔になった。

「だろう？　だと思ったぜ」

　新吉が我が意を得たりという顔になった。

「そんでよ。これは怪しいなって、駕籠の跡をそっと尾けたんだ。するってえと、筋交い御門の橋を渡ってまもなく、浪人者たちがくるりと振り向いたんで。そんで二人は、いきなりだんびらを抜いて、おいらの行く手に立ち塞がった。これ以上尾けて来たら斬る、とぬかしやがった」

　新吉は首をすくめた。元之輔は田島と顔を見合わせた。

「それで？」

「おいらは飛び上がって、すたこら逃げやした。二人とも本気で斬るっていう感じだったからね」

「それで尾けるのをやめたんだな」

「いんや、そこで引き下がったら、おいらの男がすたらあ。駕籠の行く先におおよそ見当をつけ、先回りしようと路地から路地を駆けやした。少々遠回りしたが、どうやら駕籠の行く道に先回りすることが出来たんでやす」

「それで駕籠の行き先を見たのか?」

「へい。駕籠は三人の侍たちと御女中に付き添われて、さる武家屋敷に入って行ったんで」

「誰の武家屋敷だ?」

「それはあっしは分かんねえっす。だから、ともかくも町方に知らせて、お幸さんの行き先を教えて救け出したいと……」

町方同心は苦々しく言った。

「おぬしは分からん男だな。わしら町方は、武家屋敷に入られたら、手が出せないんだ。もし、娘御が無理に武家屋敷に連れ込まれたと分かっても、わしらは手が出せず、見ているしかないんだ。もし、その武家屋敷に乗り込んでみろ。わしらは即刻首が飛ぶ」

「けっ、最後まで話を聞けってんだ。武家屋敷っていってもよ、近所の人に尋ねたらよ、空き家同然で、草茫々の廃屋でよ。しかも夜な夜な化物が出るってえ噂の屋敷なんだ。だから、近所の連中はみな恐がって近寄らねえ」

「なに、化物が出る空き家だと」

元之輔は田島と顔を見合わせた。

「へい。普段は人が出入りする気配がないってえのに、夜なんかになると、時折、女の笑い声や三味線の音、笛太鼓の音も聞こえるって話なんだ。で、朝になると、屋敷には誰もいなくて、静まり返っているってぇんだ」

野次馬たちが騒めいた。

「へ、化物屋敷だってよ。おもしれえ」「じゃあ、娘っこは化物に攫われたってか」

「そんな化物屋敷は、どこにあるんだ？」

新吉は野次馬に背を押されて言った。

「そんな怪しい化物屋敷なんだぜ。町方が手を出したって、誰が文句を言うんだ？　それともなにかい。町方役人は化物が恐くて、屋敷に手が出せねえってわけか？」

同心はぐいっと目を剝いた。

「ところで、そういう、おまえこそ怪しいな」

「何が怪しいってえんで？」

新吉は及び腰になった。

「おまえは、なんで、お幸とやらの娘御が仕立屋から出て来るところや、娘御が駕籠に乗り込むところなんぞを見ていたんだ？」

「なんでだっていいじゃねえか。たまたま通りかかったら見てしまったんだ。それのどこが悪いってんだい」

新吉はややしどろもどろになった。

同心は、いきなり新吉の胸ぐらを摑んだ。

「おまえ、そのお幸って娘御によからぬ思いがあって付きまとっておったのではないのか？　怪しいな」

「そ、そんなことねえ」

新吉は同心の手を振り払って逃げようとした。

元之輔が慌てて訊いた。

「新吉、おぬしの言う化物屋敷というのは、本郷の武家屋敷か？」

新吉の足が止まった。

「……そうだよ。へ、爺さん、なんで知っているんだ？」

「おぬしに話がある」

元之輔は新吉に声をかけた。同心が元之輔の前に出た。

「拙者が先だ。新吉、おまえに話がある」

同心が新吉を捕まえようとした。

新吉はくるりと向きを変え、野次馬の群れに飛び込んだ。

「ごめんなすって」という声が聞こえた。

田島が身を翻して追った。慌てて同心と一緒にいた岡っ引が十手を手に追った。

「おい、待て」「待ちやがれ」

野次馬たちは、笑いながら、追っ手の田島や岡っ引の行く手を邪魔した。江戸っ子の野次馬は、いつも弱い者と見ると、決まって判官贔屓《ほうがんびいき》する。

新吉は通りを脱兎《だつと》のごとく逃げて行く。やがて新吉の姿は路地に消えた。

後を追っていた田島が追うのを諦めた。岡っ引も息を切らせ、走るのをやめた。

「さあ、終わった終わった。みんな、帰れ」

町方同心が大声で言った。野次馬たちは面白くなさそうにぶつぶつ文句を言いながら引き揚げて行った。

二

伊勢屋の居間では、主人の清兵衛が、お嶺の前で、うな垂れていた。

清兵衛は、水戸藩留守居役の友部顕人から、お幸を城に戻せと言われたことを、お嶺には話していなかった。

お嶺は焦燥した面持ちで言った。

「正室のお邦様は、お幸を正式な養女にして婿養子を迎え、病弱な斉暢様のお世継にしようというのですね」

清兵衛はお嶺に謝った。

「済まない。おまえに言えば、余計な心配をかけると思ってな」

「いいんです。では、お幸は正室のお邦様の配下に連れて行かれたのですね」

「あの御忍駕籠は、おそらくお邦様が差し向けた駕籠だったのではないか、と思う」

元之輔が口を開いた。

「だが、後を尾けた新吉によると、御忍駕籠は本郷の化物屋敷へ入ったと言っておったが」

清兵衛が頭を左右に振った。

「新吉の話はあてに出来ません。新吉は、昔は素直で活発ないい子だったんだけど、大工の父親を亡くしてから、ワルの仲間に入り、母親泣かせの暴れん坊になってしまった。いまじゃ、大人ぶって、いっぱしに町奴になり下がり、やくざまがいに見境なく人に喧嘩を吹っかけては、いい気になって、肩で風を切って歩いている」

「そうか。やんちゃな伊達男なんだな」

元之輔は腕組みをした。

清兵衛は笑いながら言った。

「最近では、あろうことか、まかしょの仲間になって、まかしょまかしょって子どもたちに絵札を撒き、物乞いに歩いているって噂です。いまじゃ、日本橋界隈いちばんの嫌われ者。嘘つきで、女たらし。そんな新吉が言う話はとても信じられない。まして、化物屋敷なんてね」

お嶺も小首を傾げながら言った。

「本郷には、水戸藩邸があります。きっとお幸が乗った御忍駕籠は、その水戸藩邸のどこかの出入口から入ったのでは？」

「…………」

元之輔は田島と顔を見合わせた。新吉が嘘を言ったとは思えないが、元之輔たちの言う化物屋敷と、新吉が言う化物屋敷とは違うのかも知れない、と元之輔は思った。

お嶺は背筋を伸ばし、心を決めた様子で言った。

「分かりました。私、これから水戸藩邸に上がり、お邦様にお目にかかります。そして、きっぱりとお断わりします。それでは、私が宿下がりした折に、二度と再び、お目にかかることはない、と言われた言葉はなんだったのか、お訊きしたいと思います」

清兵衛が慌てた。

「いや、おまえ、そんなことをしたら」

お嶺は清兵衛を詰問した。

「じゃあ。あなたは、あの子を黙って手離すと言うのですか？　養女に上げられたら、もう二度と会えないんですよ。それでもいいとおっしゃるんですか」

「いや、そうではないが……」

清兵衛は言い淀んだ。お嶺は凜とした態度で言った。

「お幸は、血こそ、あなたと繋がっていないかも知れませんが、いまではあなたと私の子です。あなたも、日頃、そうおっしゃっていたではないですか。あなたは、そのお幸を取り戻さなくてもいいと言うのですか」

「いやそうではない。あの子は私たち夫婦の掛け替えのない子だ。絶対に手離したくない。いや手離さない」

「そうでしょう。私も、お幸を絶対に手離しません。いままだ昼九ツ（正午）。奥への出入りが出来なくなる夕七ツ（午後四時）までは時があります。いま行けば、必ずお邦様にお会い出来ましょう。これから、私はすぐに藩邸に上がり、お邦様に直談判し、お幸を連れ戻します」

「私も行こう」

「町家のあなたはだめです。それに男は奥へは入れません」

「しかし、おまえ一人が行ったら、悪くすると殺されかねない」

「それは覚悟の上です。私の命を張ってのお願いが聞き入れられなかったら、私は自害して、正室のお邦様に抗議いたします」

「お嶺、おぬしが死ぬのなら、私も死ぬ。おぬし一人では逝かせない」

お嶺は青ざめた顔で、清兵衛に向き直った。

「いえ、駄目です。旦那様は、私が死んでも、伊勢屋の暖簾を守り、奉公人二百人の家族を守っていただかなくてはなりません。それだけの責任があります」

「伊勢屋の暖簾なんぞ、お嶺の命やお幸の命を守るためなら、どぶに捨ててもいい」

「旦那様……なんという聞き分けのない」

お嶺はいつになく毅然としていた。お嶺は奥で身に付けた武家の女としての矜持《きょうじ》を持った貌になっていた。

「まあ、二人とも待て」

元之輔が胸に組んでいた腕を解いた。

「清兵衛、わしがお嶺殿と一緒に、藩邸に上がろう。わしも、藩こそ違うが、かつては江戸上屋敷に詰めて、江戸家老兼留守居役として勤めた身だ。留守居役友部顕人殿とも面識がある」

「しかし、それでは……」清兵衛は困惑した。

「清兵衛、わしはお嶺殿とお幸をお守りする用心棒だ。そのお幸を連れ去られたのは、わしの一生の不覚。今回は、なんとしても、お嶺殿をお守りし、必ずお幸を救け出す。ここは、わしに任せなさい」

「でも、御隠居様は男。一緒に藩邸に行っても、奥には入れません」

お嶺も訝った。元之輔はうなずいた。

「それも先刻から承知のこと。おぬしの身に何かあれば、わしが友部顕人を人質に取ってでも救い出す」

「御隠居様……」

お嶺が驚いて元之輔の顔を見た。

「老いたりといえども、わしは武士。武士の矜持を捨てることはない」

田島が脇から言った。

「御隠居、若党のそれがしも同行します」

「田島、おぬしには、別にやってほしいことがある」

「いや、それがしも、御隠居とともに……」

元之輔は頭を左右に振った。

「………」

元之輔は廊下に出ろと顎をしゃくった。

「厠に参る」

元之輔はお嶺たちに言い、先に廊下に出て、厠に行った。田島が怪訝《けげん》な顔でついて来る。

元之輔は用を済ますと、手水場《ちょうずば》で手を洗いながら小声で言った。

「わしの考えでは、お幸は、あの化物屋敷に居る。おぬしは勘助を連れて、化物屋敷に行け。そして、お幸がどこに囚われているかを探れ。だが、おおよその見当でいいぞ。きっと屋敷には浪人者たちがいて、厳重に警戒しておるだろう」

「は、はい」

「屋敷の見取り図を書き、どこに浪人たちが居るかを探れ。お幸は浪人たちの近くに監禁されているはずだ」

「分かりました。やってみます」

田島は不承不承にうなずいた。

元之輔は居間に戻った。

お嶺は出掛ける支度をするため、寝所に戻っていた。

扇屋伝兵衛とこそこそと話をしていた清兵衛が、元之輔に頭を下げた。

「御隠居様、どうか、お嶺のこと、よろしくお願いいたします」

「お任せあれ。お嶺殿もお幸も、必ず無事に返す。安心して待て」

元之輔はうなずいた。

三

元之輔は、お嶺を連れて、水戸藩上屋敷に留守居役の友部顕人を訪ねた。

大奥の正室にお会いしたいと言っても、すぐに会えるものではない。大奥には、人と面会するにもいろいろと手続きが必要になる。

それよりも、手っ取り早く藩内の要路を通す方が話は早い。

友部顕人も、伊勢屋清兵衛のお内儀と、元留守居役の元之輔の二人が訪ねて来たと知るや、すぐに書院にお嶺と元之輔を招き入れた。

友部は笑顔で元之輔とお嶺を迎えた。

元之輔は羽前長坂《うぜんながさか》藩の元江戸家老で留守居役だった身分と名前を明かすと、友部は思い出したらしく笑顔になった。

「おお、やはり貴殿でござったか。伊勢屋の店先でお見掛けした折、どこかでお目にかかった方だな、と思いましたが、失礼いたしました」

「こちらこそ、留守居役当時は、いろいろお世話になりました。いまは隠居の身ですが、この度、知り合いの伊勢屋清兵衛の代理として、お内儀のお嶺殿と一緒に、ご挨

「そうでございましたか。それで、いいお話でございましょうな。さっそくですが、

「お幸様をお邦様の御養女としてお戻しくださることを了承していただけるのでしょうな」

「それが……」

元之輔が答えようとした時、お嶺が手で制した。お嶺は美しい顔を強ばらせ、眦《まなじり》を吊り上げて言った。

「その件ですが、きっぱり、お断わりいたします」

一瞬、書院の空気が凍り付いた。

友部顕人はさすが百戦錬磨の交渉人だった。幕府や他藩との難問に丁丁発止《ちょうちょうはっし》でやりあう留守居役だけのことはある。

「……そうでござるか。まあまあ、まずは茶でも飲みながら話をお聞きしよう」

友部は顔色を変えず穏やかな笑みを浮かべ、両手を叩いて、茶坊主を呼んだ。

「お客様にお茶を持って参れ」

「はい、ただいま」

茶坊主は引き下がった。

友部は静かに言った。

「何か、ただならぬことが起こったのですかな」

「友部様、おとぼけにならないでください。お幸を返してください」

友部は目をしばたたき、元之輔を見た。

「桑原殿、お幸様の身に何か起こったのでござるか？」

元之輔は、すぐに答えようとするお嶺を手で止めた。お嶺は厳しい顔を元之輔に向けた。元之輔は、私に任せなさい、と目配せした。

「今朝のことですが、御忍駕籠が迎えに来て、お使いに出たお幸を連れ去りました」

「な、なんとしたこと」

「伊勢屋としては、友部殿からのお話があったばかりなので、おそらく友部殿の差し金ではないか、と考えたのです」

「ば、馬鹿な。早計な。それは拙者が命じたことにあらず。……」

友部顕人は口を噤んだ。先程までの冷静さは微塵もなかった。よほど意外なことだったのだろう。

「それで桑原殿、お幸様は、いまどこに？」

「……。分かりません。それゆえにこちらをお訪ねしたのです」

元之輔はお嶺と顔を見合わせた。

友部顕人はようやく事態が呑み込めた様子で、落ち着きを取り戻した。

「申しておく。我らは、いやそれがしは、決して、そのような愚かな真似はしない。さっそくだが、お邦様にお伝えいたす。もしかすると、お邦様は、誰からかそのことを耳になさっているかも知れない」

「さようでござるか」

「いまから、大至急にお聞きして参る。ここにて、しばらくお待ちくださるかな」

「はい。お待ちします」

友部は慌ただしく書院から出て行った。入れ替わるように茶坊主がお茶を運んで来た。

元之輔はお茶を飲みながら、放心した顔のお嶺を見やった。

「あの様子から思うに友部殿も寝耳に水だったようだな」

「……はい」

お嶺はお茶にも手を付けず、うな垂れた。

「もし、お邦様のお指図でなければ、いったい、どなたがお幸を……」

元之輔は腕組みをした。

正室派の仕業でなければ、事はより厄介なことになる。お世継をめぐっては、お幸は正室派の玉である。その玉を奪えば、対抗する側室派にとっては何の憂いもない。

あるいは、第三の斉穐様を担ぐ家臣団の仕業ということも考えられる。

問題は、お幸がどこに拐かされたか、だ。

新吉が言う化物屋敷とは、おそらく元之輔たちが調べたことがある屋敷に違いない。とすると、あの屋敷を根城にしているのは、誰かが問題になる。

廊下に慌ただしい足音が響いた。複数の足音だった。衣擦《きぬず》れの音もする。

「…………」

元之輔はお嶺と顔を見合わせた。

やがて、襖ががらりと開き、すらりとした、高貴な面持ちの女性が書院に入って来た。

「御台所様《みだいどころ》、お成りぃ」

お小姓の少女が黄色い声で告げた。

元之輔とお嶺は、床に平伏した。

御台所は、艶やかな総模様の袷に腰巻の袴着姿だった。後ろに打掛け姿の中臈が付き添い、御台所の長かもじと腰巻の裾を持っている。

廊下に友部と、もう一人家老らしい風格の初老の侍が正座していた。

御台所のお邦様が、大奥から出て、留守居役の友部の書院に足を運ぶのは、異例中の異例だった。

「お嶺、しばらくだな」

御台所は書院の床の間の席に進み出た。お小姓が座布団を敷き、その上に座った。中﨟が傍に控えた。

友部と家老が膝行して書院に入った。茶坊主が襖を閉めた。

「ご無沙汰いたしております」

「友部から聞いた。何者かにお幸が拉致されたと申すのか？」

「はい」

「いつのことだ？」

「昼前のことでございます」

お邦様は家老を見た。

「鎌田、おぬし、本当に何も存じておらぬのか？」

お邦様は鎌田を問い質した。

「は、それがしも、お幸様が拉致されたということは、初耳でございます」

「おぬし、私に内緒で、そのようなことを配下にやらせたのではあるまいな」

「決して、そのようなことは、命じておりません」

「本当だな。後になって、嘘だと申したら、御上におぬしの不実を訴えて……」

「御台所様、武士に二言《にごん》はございませぬ」

鎌田はきっぱりと言った。お邦様は、大きくうなずいた。

「もちろん、私はおぬしを信用しよう」

お邦様はお嶺に顔を向けた。

「……という次第だ。お幸を拉致するようなことは、誰もしていない。私も思ってもみなかったことだ。信じてくれるか」

「分かりました。御台所様をお疑い申し上げて、申し訳ございません。お許しください」

お嶺は平伏した。

「ですが、御台所様、もし、お幸を無事取り戻しても、申し訳ありませぬが、御養女のお話は辞退させていただきます」

「うむ。御上が己れの血を引く娘、是非にと、お望みのことなのだが……」

「あの娘は血が繋がっておらずとも、夫清兵衛と私が精魂込めて育てた子にございます。いまさら御上の許に上げたとしても、世継のためだけの目的では、お幸が文字通りに幸せになるとは思えませぬ」

「ふうむ。世継は幸せにあらずか。よく言ったな」

お邦様は微笑んだ。

「御上は娘が生まれた時に、幸せになるようにと願いを込めて、お幸という名を付けてくださいました。そして、私は宿下がりをさせて頂きました。私は清兵衛と所帯を持ち、いまのいままで、幸せに暮らして参りました。御上が、その幸せを取り上げるとは、どうしても納得出来ません」

「よくぞ言ってくれた。お嶺、私もおぬしたちの幸せを考えていなかった。許せ。私も深く反省する。御上にはお嶺の気持ちを、ようく伝えておく。お幸のこと、二度と召そうとは思わぬ。御上にも、させぬ。安心いたせ」

「ありがとうございます。御台所様、心から感謝いたします」

お嶺は平伏した。

「うむ。そして、御隠居殿、おぬしがお嶺を連れて来てくれなかったらとんでもない失敗をしていたところだ。感謝します」

「御聡明な御判断に痛み入ります」

「お幸を攪わかすようなことをする輩は、おおよそ見当が付く。もし、助けの手がほしかったら、家老の鎌田に相談いたせ。何でも手助けさせよう。いいな、鎌田、よろしう頼みましたぞ」

「はい。御台所様の御意《ぎょい》のままに」

鎌田が頭を下げた。

お邦様は座布団から立ち上がった。

「では、お嶺、達者で暮らせ」

お邦様は、それだけ言うと中﨟やお小姓を従え、静々と廊下に出て行った。元之輔とお嶺は足音と衣擦れが遠ざかるまで、頭を下げていた。襖が閉められ、元之輔は頭を上げた。

鎌田が元之輔とお嶺に一礼した。

「それがしは、筆頭家老鎌田詮之輔《せんのすけ》だ。御台所様も申しておられたように、もし、助けが必要だったら、遠慮せずに友部か私に申せ。出来る限りの援助はいたそう」

「かたじけのうござる」

元之輔は鎌田と友部に頭を下げた。

お嶺も恐縮して言った。

「御上の御意には添わぬことになりましたが、御家老様も、どうかご寛恕《かんじょ》のほどをお願いいたします」

鎌田は頭を振った。

「ははは。御上は、世の中思い通りにならぬこと、よく御承知だ。お幸を我が許にと申されたのは、順調に大人に育ったのは、お幸だけだからだ。ほかの御子は、ほとんどが幼少の時に亡くなっている。だから、元気に育ったお幸が愛《いと》しいのだろう」

「側室の茜様が男子を御産みになられたと聞きましたが」

「だが、鷹丸《たかまる》様は病弱でな、はたして大人になるまでお育ちになるか危ぶまれておる。それで茜様と鷹丸様を担ぐ次席家老の高岡主水《たかおかもんど》たちは、焦っておるのだ」

「すると、お幸を攫ったのは高岡主水一派でございますかな」

鎌田は首を傾げた。

「ううむ。分からぬ。そうではないかと思うが、その根拠はない。お世継をめぐっては、もう一派、御上斉暢様の弟君斉穐様を世継にせんと画策している輩もおるのでな。もしかして、彼らの仕業かも知れぬ」

「どういう輩ですかな?」

元之輔は訝った。鎌田は唸った。

「こちらは斉稙様の家臣団だ。物頭《ものがしら》の笠原末衛門《かさはらまつえもん》など血気盛んな家臣が多い。彼らはまだ少数だが、結束は固く侮れぬ勢力になっている。だが、幕府は、世継は世子が継ぐものとして弟君の斉稙様が兄君の斉暢様の後を継ぐことに反対しておる。その家臣団が斉暢様の養子縁組を妨害しようとしている可能性は十分にある。友部、おぬしはなんと見る？」

友部が徐《おもむろ》に口を開いた。

「それがしは、御家老と同じく、お幸を拉致したのは、高岡主水一派ではないか、と思います。なにしろ高岡主水は策士です。茜様を担ぎ、よからぬ手立てを考えておるやも知れませぬ」

元之輔はお嶺と顔を見合わせた。

お嶺が顔をしかめた。

「私、大奥にいる時、側室の茜様やお付きの御女中に、お美世の方様がおられました。お美世様にも、私はだいぶ可愛がられました。お美世様は、いまは御年寄だとお聞きしましたが」

友部は大きくうなずいた。

「そう。お美世様は、奥女中最高位の御年寄だ。お美世様は茜様の側近中の側近として詰めておる。いまも若々しく淑《しと》やかな美女だ。男たちは、みなお美世様に会うと、その虜になってしまう。傾城《けいせい》の美女と申すか……それがしも、心ときめいたものでござる」

友部は頭を掻いた。鎌田も顔を綻ばせた。

「おう、そうだのう。傾城どころか傾国《けいこく》の美女と申すのだろうな」

「そんな美女が奥女中としているのに、よく御上のお手が付かなかったものですな」

元之輔が訝った。鎌田が笑った。

「側室の茜様が、厳しく殿の浮気をぴしゃりと叩いたのだ。殿もお美世様を何度か寝所に呼ぼうとしたらしい。だが、その都度、側室の茜様は、正室のお邦様と手を結び、お美世様を行かせなかったそうだ」

元之輔は笑った。

「わしも、一度、お美世様にお目にかかりたいものだな」

お嶺が元之輔を、そっと睨んだ。

「御隠居様も、お美世様にお会いになる時は、鼻の下を長くしないように御用心あそばせ」

「そうそう。御用心御用心ですぞ。御隠居」

友部と鎌田が顔を見合って笑った。

元之輔は左団次の話を思い出した。左団次は、そのお美世の方に気に入られたようなことを言っていた。左団次のような役者が好みなのか。

元之輔はお嶺に目配せした。

「そろそろ、われらは退散いたす。お幸のことが気になりますので」

「うむ。さようか」と鎌田がうなずいた。

お嶺が姿勢を正して言った。

「まだ七ツ口は開いておりましょう？　この後、側室の茜様にお目通りを願えませんでしょうか？」

「茜様に？」

鎌田は友部と顔を見合わせた。

「茜様にお目にかかり、もし、お幸を隠しておられるようであったら、ぜひ、お戻し願いたいと申し上げたいのですが」

鎌田は腕を組んだ。友部が慌てて言った。

「おぬしの気持ちは分かるが、御家老やそれがしが、おぬしをけしかけたことになろう。そうなれば、わしたちの立場が無くなる」

「いや、わしたちはともかく、お邦様がけしかけたことになりかねない。それでなくても、お邦様と茜様は対立なさっているのに、新たな火種になろう。お嶺殿、今日のところは、このままお引き取りください」

鎌田もきつい言葉で言った。元之輔はお嶺を宥めた。

「お嶺、日をあらためて、茜様にお会いしよう。お幸が茜様の支持派に拉致されたかどうか、まだ分からぬのだから」

「……分かりました」

お嶺は唇をきつく噛んだ。

鎌田と友部の顔がほっとした表情になった。

「そう、日を改めたがいい」

鎌田が、お嶺と元之輔に言った。

「お幸様が一刻も早く、無事にお帰りになられんことを祈っておりますぞ」

四

元之輔とお嶺が、日本橋の伊勢屋の店に戻ったのは、日がだいぶ西に傾いた時分だった。

店は新春の買物客たちで賑わっていた。番頭や手代が大忙しで、武家や町家の女客たちに対応していた。

清兵衛と扇屋伝兵衛が心配顔で、二人を出迎えた。

「よかったよかった。二人とも無事に戻られて」

「もしや、帰って来ないのではないか、と心配でなりませんでした」

お嶺は沈んだ顔を無理遣り振り払い、元気を取り戻し、清兵衛と伝兵衛に言った。

「どうやら、お邦様の配下の仕業ではないようです」

「さようか。ま、ともあれ、中で話を聞こう」

清兵衛は疲れた顔のお嶺を労わった。

「御隠居様には、別にご相談があります」

「別に相談？」

「はい。奥でお話を」

清兵衛は扇屋伝兵衛に目配せした。

伝兵衛もうなずいた。

やれやれ、また何か厄介な事が起こったな、と元之輔は思った。

「ともあれ、一休みしたい」

お嶺は「疲れた、頭痛がする」と言い出し、女中に付き添われ、寝所に姿を消した。

元之輔が座敷に上がると、すぐに清兵衛が膝を寄せた。伝兵衛も一緒だった。

「御隠居様、お出かけになられた後、こんな文《ふみ》が届きました」

清兵衛は懐から一通の書状を取り出し、元之輔に渡した。よれよれの紙に、乱れた書体の文字が書かれていた。元之輔はさっと目を通した。

……今般《こんぱん》、娘お幸の身柄を預かり候。娘を無事返して欲しくば、千両箱をご用意願いたく候……云々とあり、末尾には烏天狗党《からすてんぐとう》という署名がなされ、麗々しく朱の落款《らっかん》が捺《お》されていた。

「……これは脅迫状ではないか」

元之輔は文から顔を上げた。

清兵衛はうなずいた。

「丁稚《でっち》が店の前を掃き掃除していたら、通りすがりの浪人者が、店主に渡せと言い、逃げるように歩き去ったそうなんです」

「浪人者の風体は?」

清兵衛は後ろを振り向き、座敷の隅に小さくなって座っている丁稚の少年に前に出るように言った。

「多吉《たきち》、御隠居様にお話しなさい」

「はい。旦那様」
十一、二歳ほどの多吉は、おずおずと膝行し、元之輔の前にきちんと膝を揃えて座った。
「どんな浪人者だった？」

「頭の髪はざんばらで、頬がこけ、不精髯を生やしていました。痩せた体付きで、人を疑うような鋭い目付きでした。歳は四十過ぎのように見えましたが、もしかすると実際はまだ三十代かも知れません」

受け答えがしっかりした利発そうな少年だった。

「着ていた物は？」

「……薄汚れた浅黄裏《あさぎうら》の小袖を着流しにしていました。冬なのに羽織も着ず、何枚も重ね着なさり、首に汚れた木綿の布を巻いていました」

元之輔は聞きながら、芝居小屋の大向こうにいた九木剣之介を思い浮かべた。

元之輔は清兵衛、伝兵衛と顔を見合わせた。

気を取り直し、少年に訊いた。

「これまで、その浪人者を見かけたことがあるか？」

「一、二度、店の前で、うろうろしているのを見かけたような気がします」

「どんな顔付きをしておった？」

「鷹のように目が鋭くて、睨みつけられると、背筋が寒くなりました。この御浪人は只者ではない、と思いました」

観察眼もある。将来、多吉はきっといい商人になりそうに思えた。

「ははは。感心感心。ほかに気付いたことは？」

「……腰に差してあるのは大刀一本だけでした」

九木剣之介に間違いない。九木は一本差しだ。それも脇差しではなく、大刀一本を腰に差す本差しだった。

「多吉。よくぞ、そこまで見ていた。おぬしのお陰で、文の主《ぬし》が分かった」

「多吉、よかったな。御隠居様からお誉めを頂いて。下がっていいぞ」

清兵衛がにこやかに少年の頭を撫でた。多吉は嬉しそうに笑い、座敷から出て行った。

伝兵衛が言った。

「御隠居様、この文には千両箱を用意しろ、と書いてありますが、その千両をどうしろとは書いてありませんな。ということは、また後で何事かを指示してくるのでしょうな」

元之輔は腕組みをした。

「うむ。そういうことだろうな。しかし、烏天狗党とは何者だ？」

これまで聞いたことがない。

「分かりません」と清兵衛。

元之輔は腕組みを解いた。

「お幸が誘拐されたことを、奉行所に届けたかな？」

「はい。もちろんです。ですが、あの同心を見ても分かるでしょうが、相手が武家となると、奉行所は本気で動く気配はない」

「この脅迫状を届ければ、奉行所も重い腰を上げて動かざるを得ないだろう」

「そうでございますな。では、さっそく、私が届けましょう。ところで、千両はどうしましょう？」

「すぐに用意出来るのか？」

「すぐには無理ですが、お幸を救うためなら、無理にでも、掻き集めます」

「では、一応、用意しておいてくれ」

元之輔は言った。

「犯人たちは、次に受け渡し場所や方法を指示してくるはずだ。それを待て。だが、犯人の一人は九木だとおよそ目星が付いた。九木たちが潜んでいるところも分かっている」

「化物屋敷ですか？」

「うむ。いま田島たちが調べている。もし、そこにお幸が囚われていると分かったら、わしらが急襲し、お幸を救い出す」

伝兵衛が不安げに言った。

「町方に頼んで、お幸を救出してもらうのは、いかがですか？」

「だめだ。あの同心も言っていたように、町方奉行所は、武家屋敷に踏み込みはしない。どんな確証があっても、手を出せないだろう。あとで責任問題になるからな」

「では、脅迫状を見せても、町方は動いてくれないのですか？」

「動きたくても動けないだろう」

「では、脅迫状をお届けしても、意味がないのでは？」

「いや。町方は武家屋敷への踏み込みはやらないだろうが、千両の受け渡しの場所に張り込んだり、千両が運ばれるところを急襲して、犯人たちを捕らえることは出来る。

だから、次の手紙が店に届くのを待ってから、重い腰を上げるのではないか」

「悠長ですな」

「それがお役所仕事というものさ。それでは、お幸を救う上で時間がかかり過ぎるし、金を払っても、お幸の命が保障されるわけではない。だから、なんとか先手を打ち、お幸を救け出すしかない」

「先手必勝ですな」

「そう思って、田島たちを化物屋敷に行かせた。彼らの報告を待とう」

「でも、もし、そこにお幸が居なかったら？」

清兵衛が悲観的な言葉を吐いた。元之輔は確信した顔で言った。

「いや、お幸は化物屋敷にきっと居る。九木たちは、化物屋敷にあまり人が近付かないのを知っているから、根城にしている。九木たちは、わしらが化物屋敷に入って調べたことをまだ知らないでいる。だから、油断している。ともかく、田島たちを待とう。行動を起こすのは、それからだ」

「分かりました。待ちます」

清兵衛はようやく納得した様子だった。伝兵衛もうなずいた。

五

元之輔は、長火鉢の炭火に手をかざしながら、女中が持って来た茶を飲んで一息ついた。

外は、すっかり暮れて暗くなっていた。

行灯に火が入り、座敷をほのかに明るく照らしている。

清兵衛も伝兵衛も、炬燵《こたつ》の布団に潜り込み、まどろんでいた。

元之輔は考え事をしながら、長キセルに莨を詰めた。慌ただしく人が廊下を急ぐ足音がした。

「帰って来たな」

元之輔はキセルに火を点け、莨の煙をすぱすぱと喫った。

「こちらでお待ちです」

番頭に案内されて、田島と勘助が座敷に顔を出した。

騒ぎに気付き、清兵衛と伝兵衛が炬燵からむっくりと起きた。

田島も勘助も走って来たらしく、二人とも肩で息をしていた。

「よかった。御隠居、お戻りだったんですね」

「た、たいへんです。ろ、浪人者の、し、死体が転がっていやした」

勘助が言った。元之輔は訝った。

「浪人者の死体だと？」

田島がようやく息を整えて言った。

「……笹川久兵衛の死体です」

勘助が付け足すように言った。

元之輔は湯呑み茶碗を盆に戻した。

「順序立てて話してくれぬか」

「はい」「へい」

田島と勘助は、顔を見合わせてうなずいた。

その日の午後、田島と勘助は二人連れ立って、化物屋敷に出掛けた。

加賀藩邸の長い築地塀が終わり、三叉路に差しかかり、一番右手の道に入った。その道には、右側に四つの武家門が並んでいる。

三つ目の屋敷の門前に人だかりが出来ていた。

二人が不審に思いながら駆け付けると、町方役人や岡っ引が菰《こも》がかけられた死体を調べていた。

二人は野次馬たちを掻き分け、前に出た。役人たちが菰をめくって顕《あらわ》になった死体は、笹川久兵衛だった。

野次馬たちの話では、少し前に、その通りで斬り合いがあったという。

化物屋敷の隣の武家門の門番たちが斬り合う気配に気付き、何事かと通用口から出た。

ちょうどその時、笹川久兵衛が浪人者の一人に、後ろからばっさり斬られるところだった。

笹川を背後から斬った浪人者は、門番たちが見ていたのに気付き、抜き身の刀を構え直し、門番たちを見据えた。その悪鬼の形相に門番たちは震え上がり、慌てて邸内に駆け戻った。

門番たちは、大声で「出合え出合え」と応援を呼んだ。大勢の侍たちが出て来て、門前に出ると、すでに浪人者たちは逃げ去った後だった。

門番たちは死体に菰を被せ、奉行所の町方役人を呼んだ。町方役人たちは、浪人者の遺体を調べはじめた。そこに田島と勘助が差しかかったのだ。

田島が言った。

「それがし、斬られた傷を見ました。それは見事な鉢割り剣法でした。左の肩甲骨《けんこうこつ》から、右脇腹に掛け、一太刀で、ばっさりと斬られていた」

「笹川は刀を抜いていたか？」

「いえ、刀を抜く暇もなかったようです。大刀は腰に納めたままでした」

「笹川は神道無念流の遣い手だったのだろう？　その彼が応戦することもなく斬られたのか」

「そうとしか見えません」

元之輔は訝った。

「笹川を斬ったのは、九木剣之介だ」

「なぜ、九木剣之介が……」

「九木は笹川を斬った後、大胆不敵にも、日本橋の伊勢屋にやって来て、店の丁稚に脅迫状を渡し、清兵衛に届けさせた。これが、その脅迫状だ」

元之輔は脅迫状を田島に渡した。田島は脅迫状に目を通し、元之輔に戻した。

「お幸を無事に返してもらいたかったら、千両を用意しろ、とありますな。御隠居、この末尾の烏天狗党というのは、九木たちのことですかね」

「おそらく、そうだ。だが……」

元之輔は腕組みをした。

報告を聞いていた伝兵衛が、思い出したように言った。

「死んだ笹川久兵衛様に、口入れ屋として、仕事をひとつ紹介したことがあります」

「どんな仕事だ？」

「笹川久兵衛様は、常々、どこかの藩に仕官したい、と申されていましたので、その道が拓《ひら》けそうな水戸藩のお仕事を紹介しました」

「水戸藩の仕事だと？」

「はい。水戸藩の家老の高岡主水様が、お忍びで店に訪ねて参られて、信用が出来、腕が達つ武士を探している。有能だったら藩士にしたい、とおっしゃってらしたのです。それで、笹川久兵衛様を紹介しました。ですが、笹川様は、すぐには藩士に採用されず、まだ浪人生活をなさっておられた」

田島がふと言い出した。

「思い出した。勘助、笹川は飲み屋瓢簞で、浪人仲間に妙なことを言っていたそうだな」

「へい。もし上司が斬れと命じたら、躊躇なく斬ることが出来る者はいないか、と言っていたそうです」

田島は言った。

「もしかして、高岡主水に命じられて、笹川はそういうことが出来る浪人者を集めていたんじゃないですか。仕官をちらつかされ、殺し屋を集める仕事をしていた」

元之輔は、なるほど、と思った。

「そうか。それで集めた浪人たちのなかに九木が居たということか。それで、なんとなく、見えて来たぞ」

「何がです？」

「次席家老の高岡主水は側室茜様の鷹丸様を担いでいる中心人物だ。彼はお世継問題で、他派との争いに備え、家臣団とは別に、密かに汚れ役の暗殺団を作ろうとしたのではないか。それで笹川を雇い、腕が達つ浪人者を集めていた。それで、九木も仲間に加わった」

「それが、もしかして、烏天狗党ですか？」

「うむ。それが、なんらかの理由で仲間割れになり、笹川は九木に斬られたのではないか？」

「なるほど。斬られた理由は、脅迫状に書かれた千両、その取り分をめぐって仲間割れしたってことですかね。まだ一文も入らないのに」

元之輔は顎を撫でた。

「これはあくまで仮説だ。それはともかく、どうだった？　化物屋敷の様子は？」

「それが、とんでもないことが起こっていたんです。な、勘助」

「へい。庭が綺麗に掃除されていたんです。茫々だった雑草はすべて綺麗に刈られていたんで。表の庭も裏庭も、いまは綺麗なもんです。見違えるほど」

「どうやら、正月明けに、草刈り人夫が大勢かりだされ、草刈りをしたらしいんで」

「では、屋敷の建物の方は？」

「手が入ったのかどうか、は分かりません。屋敷の回りには、常時浪人者たちがうろついて警戒しており、近寄れないんです」

「浪人たちは何人ほどいたのだ？」

「正確には分かりませんが、目で数えた限りで言えば、十四、五人はいました。それも、浪人だけではないんです。きちんとした綺麗な身形の藩士たちも数人は混じっていました」

「するとおおよそ総勢二十人以上になるか」

元之輔は唸り、腕組みをした。

想定外の人数だった。それだけ、屋敷の警戒は厳しくなったということだ。

「警戒が厳しくなったということは、やはり、お幸が連れ込まれ、どこかに監禁されているからだな」

「おそらく、そうだと思います」

「それで、おぬしたちは、屋敷の中に忍び込んだのか?」

「いえ、それは無理でした。だが、浪人たちが、一番警備を固めているところはどこかを、屋敷の周りを見ながら探ったんです。そうしたら、高床造りの渡り廊下で繋がった離れが、最も警戒が厳しくて、近寄れもしなかったんです」

　田島は懐から四折りにした懐紙を取り出し、畳の上に広げた。懐紙には、炭で描いた即席の屋敷の見取り図があった。屋敷の図の、その東端に離れが描いてある。田島は懐中から炭を出し、離れに丸印を描いた。図面には、表門の位置、枯れ山水の庭園、裏庭、棟割り長屋などが大雑把《おおざっぱ》に描かれてあった。

　屋敷の座敷の近くにバツ印があり、開かずの間と記してある。バツ印は地下道の出入口を示していた。

「浪人たちが屯《たむろ》しているのは、ここと、ここ、それに武家門の番小屋です。寝泊りしているのは、棟割り長屋らしい」

　田島は話しながら、各場所に印を付けていった。

「今回は、裏木戸も門をかけられて閉まっていました」

「どうやって、塀を乗り越えたんだ?」

「勘助が竹梯子《たけばしご》をどこからか見付けて来たんで、簡単に塀を乗り越えることが出来ました。逃げる時も楽でした」

勘助は頭を掻いた。

「いえ、近くのお稲荷さんに剪定《せんてい》用の梯子が立て掛けてあったんで、ちょいとお借りしまして」

「でかした。次の回も、使えるな」

「へい。あの細い路地に隠してあります」

元之輔は勘助の機転を誉めた。田島が笑いながら言った。

「御隠居、それがしは屋敷の床下に潜り込み、聞き耳を立てていたら、面白いことを聞き込んだんです」

「面白いこととはなんだ?」

「浪人たちを集めて、頭らしい男が話していたんで。明日の晩は、大勢の御女中が大広間で宴会を開くって。そこで役者を呼んで芝居をやらせる、と。そのため、警備の侍が多数来るので、おまえたち休んでいていい、と」

「ほう。明日の晩か」

「浪人たちは、それを聞いて、ぶうぶう騒いでました。大勢の綺麗どころが来て、芝居まで見ることが出来るというのに、自分たちは追い出されるのかって」

「みな文句を言っていたんだな」

「そうしたら、浪人たちの誰かが、じゃあ、離れの警備は誰がやるんだよって。それから、地下牢の娘の食事の面倒はどうするんだとも」

「なに、離れの地下牢だと」

「そうしたら、突然、女の声がした。私は残るよって。あの娘の面倒は、女の私の役目だからねって。男たちに渡したら、何をされるか分かりゃしない、と」

「そうしたら？」

「男の低くどすの利いた声が、妹の知佐とそれがしは離れには残る、と。おぬしらは、長屋で酒でもくらってろ、という声があった」

「それで？」

「みんな、文句も言わずに黙ってしまった。よほど、その低い声の主が恐いんだな、と」

元之輔は腕組みをした。

妹知佐と、その兄？　兄はみんなから恐れられている？

「そして、その後、みんなはどうした？」

「みんな、ぞろぞろ部屋から出て行ったんで」

「解散したか」

元之輔は田島と顔を見合わせた。

清兵衛が圧し殺した声で言った。

「御隠居様、やはりお幸は、その化物屋敷とやらの離れの地下牢に囚われているんですな」

「うむ。間違いない」

伝兵衛が訊いた。

「どうします？　町方奉行所がだめなら火付盗賊改方《ひつけとうぞくあらためかた》に駆け込みますか？」

「いや、手続きが面倒だ。時もかかる。ぐずぐずしているうちに、下手をすれば、お幸が消されてしまう。証拠湮滅《いんめつ》のためにな」

清兵衛が慌てた。

「それは困る、困ります。なんとか、お幸を助けてくださいませ」

元之輔は腕組みをし、考え込んだ。腕を解き、みんなを見回した。

「ひとつだけ、屋敷に怪しまれずに乗り込む方法がある」

「どのような？」

清兵衛や伝兵衛、田島、勘助が身を乗り出した。

「それは、こうだ……」

元之輔は見回しながら言った。

六

翌朝、元之輔は田島を連れ、湯島天神近くにある稽古場に赴いた。訪いを告げると、太夫元の円之丞が玄関先に現われた。

「あらら、御隠居様、突然、こんな朝早くに御出でになるとは、どういう風の吹き回しですかな」

「ひとつ相談がある」

「なんでしょうか、相談というのは？」

「今夜、左団次たちに呼び出しがかかる。例の御女中たちの宴会に、だ」

「いえ。耳なし芳一の怪談は御免こうむることにしました。呼び出されても、お断わりするつもりです」

「今回は、断れないぞ。次の興行は、いつなのだ？」

「弥生《やよい》興行です。役者たちは、その稽古に明け暮れている最中ですんで」

「おそらく、寺社奉行の側用人河合鈴之介から、直々に要請がある。今夜、役者たちを宴会に出せ、と」

「え、河合鈴之介様から」

「断れば、弥生興行はなしになるぞ。それだけでなく、湯島天神の宮地芝居は出来なくなるかも知れない」

「馬鹿な。どこから、そんなお話を」

「聞いたかと言うのか。それは、言えぬ。だが、河合鈴之介から、必ず声がかかる」

「ふうむ」

円之丞は困惑した顔になった。

そこに中間が慌ただしく駆け込んだ。

「太夫元の円之丞様は、こちらですか」

「はい。さようですが」

「河合様の急ぎのお手紙です」

中間は円之丞に書状を手渡した。

「しかとお渡ししましたよ」

中間は腰を低くして頭を下げ、引き返して行った。元之輔は田島に目をやった。田島はしたり顔をしている。

円之丞は書状を開き、食い入るように読むと、元之輔に言った。

「御隠居様、あなたのおっしゃった通りです。今夜、左団次、右団次、団之助たち役者を宴会に出せという指示です」

「そうだろう？　そこで、相談だ」

元之輔は円之丞に持ち掛けた。

話を聞いた円之丞は、しばらく口をあんぐりと開けた。

「大至急に、左団次、右団次、団之助を集めてくれぬか」

「いったい、どうなさるのですか？」

「それがしと田島に芝居の手解きをしてほしいのだ」

「ええっ？　お芝居でも始めようというのですか？」

「うむ。白浪五人男《しらなみごにんおとこ》を一緒に演じたい」

円之丞は呆れた顔になった。

七

その日の日暮れ時、加賀藩邸の築地塀が続く通りを、五挺の駕籠が進んで行く。三台の御忍駕籠と、二挺の宝泉寺駕籠には、それぞれ、警固の侍が付いている。いずれの駕籠の侍も手に無紋のぶら提灯を下げていた。無紋の提灯は、身分の高い人のお忍びであることを示す。通りすがりの人たちは、異様な無紋の駕籠の列を見ると、すぐさま左右に避けて道を空けた。

先頭の御忍駕籠には団之助が、次の御忍駕籠には左団次、三挺目の御忍駕籠に右団次が乗り、四挺目の宝泉寺駕籠には元之輔が、最後の宝泉寺駕籠には田島が乗っていた。

五挺の駕籠は、三叉路に来ると、一番右の道に入って進んだ。やがて、四つ並んだ武家門の三番目の武家門の前に止まった。

通用口から裃を付けた侍が現われ、警固の侍と言葉を交わした。裃姿の侍は、物見窓にさっと手を上げた。

それを合図にして、門扉がゆっくりと左右に開いた。邸内に立った裃を付けた侍たちが駕籠を出迎えた。五挺の駕籠は、次々に門を潜り、玄関先に並んで止まった。

やがて、侍たちは駕籠の傍に座り、引き戸を開ける。駕籠から、すでに白化粧をした団之助以下の役者たちが降り立った。元之輔も田島も派手な着物を着込み、一見役者ふうに見える。役者たちは、お付きの侍に案内され、静々と玄関に入って行った。

すでに大広間では、賑やかな酒宴が始まっていた。

役者たちは廊下を挟んだ十畳ほどの控えの間に案内された。

左団次たちは白浪五人男の稲瀬川《いなせがわ》勢揃《せいぞろ》いの場を演じることになっていた。

控えの間に居る間に、団之助たちは手鏡で化粧を直したり、互いに衣裳の着付けなどを点検していた。左団次が、元之輔に近寄り、囁いた。

「御隠居様、いいですかい、教えた所作だけでいいですよ。台詞は口ぱくだけ、私が後ろで台詞を言いますから。どうせ、蠟燭の火だけでは暗いので、白塗りの顔しか見えませぬから」

左団次は笑った。

そう言われても、元之輔は落ち着かなかった。この歳になって、芝居の真似ごとをやるとは、いままで毛ほども考えたことがなかった。

隣に座った田島は、度胸が座ったのか、平気の平座で、手鏡を覗いていた。

団之助が日本駄右衛門《にっぽんだえもん》、左団次が弁天小僧菊之助《べんてんこぞうきくのすけ》、右団次が忠信利平《ただのぶりへい》、そして、元之輔は赤星十三郎《あかぼしじゅうざぶろう》、田島は南郷力丸《なんごうりきまる》といった役回りだ。

襖越しに、御女中たちの騒めき、笑い声が聞こえて来る。

「御隠居、どこで抜け出しますかね」

「弁天小僧の口上が始まったらすぐにしよう」

「そんな。せっかくですから、自分の役が終わってからにしませんか」

田島は、すっかり役者気分になっていた。

「昼日中の明るい光が射す舞台ならともかく、薄暗いお座敷の奥では、何をやっても分かりませんよ。失敗しようが、所作がぎごちなくても、左団次さんたちの声さえ通っていれば、観客はそれに聞き惚れて、暗い舞台の私たちを見てはいませんよ」

「そうかな」

元之輔は、田島と話をしているうちに、ええいままよ、なるようになれ、という気分になった。

控えの間の出入口に、赤い顔をした侍が現われた。額に黒子が目立つ河合鈴之介だった。河合は、すでに酒で出来上がっているらしく、にやけた顔で団之助たちや元之輔、田島を見回して言った。

「本日は、役者の皆さん、まことにご苦労様でござる。どうやら新顔の方々もおられるようで、楽しみでござる」

団之助が言った。

「本日は、どういうご趣旨《しゅし》の宴でございましょうか。それに合わせて、ご挨拶いたしますので」

「おう、本日は、側室茜様はここしばらく病に伏せっておられたが、ようやくお元気になられた。その快気祝いだ。芝居が終わったら、茜様にご挨拶いたせ」

「はい。分かりました」

「そろそろ、舞台に出て、演じてもらおうか。用意はいいかな」

「はい。もちろんでございます」

河合は上機嫌で宴席に戻って行った。

やがて、太鼓と三味線の音が響いた。

「では、参りましょう」

団之助が先頭になって廊下を歩きはじめた。

左団次、右団次と続く。元之輔は意を決して立った。田島が真後ろからついて来る。

襖が開き、宴席が見えた。舞台は大広間の畳と地続きになった平場だった。御女中が小太鼓の前に座り、艶やかな仕草で太鼓を叩いている。

五人は静々と舞台に並び、それぞれの立ち位置に立った。三味線の音が幕上げの代わりに鳴った。騒めきが止んだ。元之輔は御女中たちの視線が舞台の五人に注がれるのを感じた。ひんやりと冷汗が額や首筋に流れた。

下手《しもて》に立った団之助が見得を切りながら、高らかに駄右衛門の台詞を言い始める。

「問われて名乗るもおこがましいが、生まれは遠州浜松在《えんしゆうはままつ》、十四の年から親に放れ、身の生業《なりわい》も白浪の沖を越えたる夜働き、盗みはすれど非道はせず、人に情は掛川《かけがわ》から金谷《かなや》をかけて宿宿《しゆくじゆく》で、義賊と噂高札に廻る配附の盥越《たらいご》し、危ねえその身の境界も最早四十に人間の定めはわずか五十年、六十余州に隠れのねえ賊徒の首領日本駄右衛門」

「団之助ええ！」掛け声が上がる。

太鼓の音が響き、左団次の弁天が、これまた大きな見得を切りながら、朗々と台詞を言う。

「さてその次は江《え》の島《しま》の岩本院の稚児《ちご》あがり、ふだん着慣れし振り袖から髷も島田に由井《ゆい》ヶ浜《はま》、打ち込む浪にしっぽりと女に化けた美人局《つつもたせ》、油断のならぬ小娘も小袋坂《こぶくろざか》に身の破れ、悪い浮名も龍《たつ》の口《ぐち》……」

元之輔は左団次のたゆとうことのない滑らかな台詞に、次第に快さを覚えはじめた。

「……鎌倉《かまくら》無宿《むしゆく》と肩書も島に育ってその名さえ、弁天小僧菊之助」

太鼓がとどんと鳴った。

「左団次！」声がかかった。

「続いて次に控えしは、月の武蔵《むさし》の江戸育ち、餓鬼《がき》の折から手癖が悪く、抜参《ぬけまい》りからぐれ出して旅をかせぎに西国を……」

右団次の忠信利平が唄い出す。

元之輔は宴席を見回した。正面の床の間の前に、総模様の袷に腰巻の袴着姿の女性が座っている。側室の茜様だ。その傍らに暗い中でも一際美形の御女中が座っていた。

元之輔は遠目にも、ほかの御女中とは違う、一際輝きを放った打掛け姿の女に目を奪われた。そうか、あの女が御年寄のお美世の方か。

「……重なる悪事に高飛《たかとび》なし、後を隠せし判官の御名前《おなめえ》騙《がた》りの忠信利平」

「右団次！」黄色い声が響く。

太鼓が鳴った。

次は元之輔の赤星十三郎の番だ。太鼓の音が鳴ると、後に回った左団次が声色を変えて騙り出した。元之輔は見得を切った。

「またその次に列《つら》なるは、以前は武家の中小姓《ちゆうごしよう》、故主《こしゆ》のために切取《きりど》りも、鈍き刃の腰《こし》越《ごえ》や砥上ケ原《とがみがわら》に身の錆《さび》を磨ぎなおしても抜き兼ねる、盗み心の深翠《ふかみど》り……」

後ろで言う左団次の台詞に、口ぱくで所作をしているうちに、あたかも分身の己れが謳っているような錯覚になる。

「……今日ぞ命の明け方に消ゆる間近き星月夜、その名も赤星十三郎」

元之輔は足を踏み出して見得を切った。客は元之輔が口ぱくなのを見破っている。

「左団次！」掛け声がかかった。

「さてどんじりに控えしは……」

田島は振りもよく所作もいい。後ろで右団次が台詞を吐いている。

「……仁義の道も白川の花船へ乗り込む船盗人《ふなぬすびと》、波にきらめく稲妻の白刃に脅す人殺し、背負《しよ》って立たれぬ罪科《つみとが》は、その身に重し虎《とら》が石《いし》……」

右団次は気持ち良さそうに謳っている。

「悪事千里というからは、どうで終いは木の空と覚悟は予て鴫立沢《しぎたつさわ》、しかし、哀れは身に知らぬ念仏嫌えな南郷力丸でえ」

「右団次！」

掛け声が上がった。田島は足を踏み出し、大きく振りを入れて、目をひん剝き、見得を切った。

拍手が起こった。

片山座ああ、という掛け声も上がる。

団之助の音頭で、五人は舞台に横一列に座り、深々と頭を下げた。

片山座あ！　左団次！　右団次！　団之助！

さまざまな掛け声が上がる。元之輔は顔を上げようとしたが、団之助たちが拍手喝采に応えて頭を下げたので、慌ててまた頭を下げた。

団之助が立ち上がり、みんなを上手《かみて》に促した。左団次、右団次に続いて、元之輔も下がった。田島が舞台を振り向きながら、観客に手を上げた。またわーっと歓声が上がった。

「あ、それがし、受けてる」

田島は廊下に出ながら、嬉しそうに言った。

「御隠居、気持ちがいいですなあ！　最高！」

控えの間に戻っても田島は浮き浮きしていた。団之助が元之輔と田島に頭を下げた。

「よく演じていただきました。お疲れさまでした」

元之輔は左団次、右団次に頭を下げた。

「いやあ、左団次さん、右団次さん、台詞の代読をしていただきありがとうござった」

「いやあ、自分が台詞を吐いているみたいでござった。気持ちがいい。役者を一度やったら辞められないって、分かりましたよ」

田島は陽気に多弁になっていた。左団次、右団次は笑みを浮かべ、よかったよかったと田島と元之輔を誉め称えた。

出入口に河合鈴之介と並んで、恰幅のいい初老の侍が現われた。団之助たちが慌てて座敷に座り、平伏した。元之輔も田島も正座し、団之助たちに合わせて平伏した。

河合鈴之介が座りながら言った。

「こちらは、御家老の高岡主水様、みなさんにご挨拶したいと、御出でになられました」

高岡は正座し、みんなに軽く頭を下げた。

「いやあ、ご苦労様だった。久しぶりに芝居らしい物を見せてもらった。ありがとう。みなに代わって御礼申し上げる」

この高岡主水が策士だというのか、と元之輔はまじまじと顔や風体を見直した。そうえば、宴席に高岡主水も河合鈴之介の姿も見当らなかった。

「私ども男は、宴席に出られないので、後ろの襖越しに、皆さんの台詞を聞かせて頂きましたが、いやあ、皆様似たような美声でござったな」

高岡主水はじろりと元之輔と田島を見回した。

「団之助や左団次、右団次は存じておったが、おぬしたちは、新人ですかな」

「いや、新人ではござらぬ」

元之輔が話そうとした。団之助がさっと遮り、代わりに言った。

「御家老様、本日は白浪五人男ということでしたので、私たち三人では、とても役をこなしきれない。ということで、極々新入りで素人同然の役者を呼び、間に合せたものです」

「お二人とも、どこか、役者ではなく、武家のような風格をお持ちに見えたので驚きました。ところで、座敷で御台所の茜様がお待ちでござる。みなさん、ぜひ、ご挨拶をなさってください」

「はい」

「御家老さまは？」

「前に申しましたが、それがしは、大奥の方々と同席は出来ません。あなたがた役者は特別です。どうぞ、宴席に御入りになさってください。遠慮なさらずに」

高岡主水はちらりと廊下を振り向いた。

「知佐、役者さんたちを茜様のところにご案内しなさい」

「はい」

廊下に矢絣の小袖姿の御女中が座っていた。顔を伏せているが、顔立ちが整っており、かなり美形な女だった。胸高に結んだ帯に紫の布袋に包んだ懐剣《かいけん》を差している。

元之輔は田島に目配せした。勘助が床下に潜り込んでいた時、浪人者が言った知佐と同じ名前の女だ。田島もうなずいた。

団之助たちが立った。元之輔も田島も席を立った。

「こちらへどうぞ」

知佐はそそくさと歩いて行く。小股の切れ上がった女、そんな言葉が頭を過《よぎ》る。身のこなしから、小太刀かなにがしかの武術を身に付けた気配が窺える。

知佐を先頭に団之助たちと元之輔、田島は宴会場に足を踏み入れた。

女たちは拍手をし、団之助たちに黄色い掛け声を上げた。団之助や左団次、右団次は酒宴に集う御女中たちに満遍無く頭を下げて挨拶した。元之輔と田島も、団之助たちを見様見真似して挨拶を繰り返した。

芳しい白粉の匂いや脂粉の香が、あたりに立ち籠めている。若い女の柔肌《やわはだ》の立てる匂いに満ちていた。

知佐に案内され、茜様の前に横一列に座った。元之輔の前に期せずして御年寄のお美世の方が座っていた。友部顕人が言っていた言葉が本当だと思った。お美世の方は、大勢の女たちの中にいても、すぐに目立つ美しさだった。まるで芍薬《しやくやく》や牡丹《ぼたん》を思わせる。

「この度は、ご健康を回復なさり、お元気になられた快気祝いとお聞きしました。おめでとうございます。……」

団之助がみんなを代表して挨拶をした。元之輔は頭を下げながら、お美世の方の優しい視線を感じた。

茜様は病気から快復されたとはいうものの、顔はやや青白く、病弱であることを窺わせた。

茜様は団之助や左団次、右団次にあれこれと芝居について話しかける。だが、元之輔と田島が芝居の素人役者だと見破り、ほとんど話しかけなかった。

やがて、奥女中の一人が茜様に耳打ちした。茜様はうなずき、団之助に言った。

「あなたたちを贔屓にしている人たちが、ぜひ、席を巡ってほしい、と言っているそうです。これから、席を巡っていただけますか」

「喜んで」

団之助は左団次、右団次を促し、席を巡りはじめた。

元之輔と田島は、そのまま席に残った。二人には贔屓の客はいない。宴席を巡っても誰も喜ばないだろうと思った。

お美世の方が口を開いた。

「あなたたちお二方は、役者ではありませんね」

お美世の方はじっと元之輔を見つめていた。元之輔はお美世の方に、いきなり話しかけられて、どぎまぎした。

「それにお二人とも、化粧でお顔を隠してられるけど、決してお若くない。どうして、私たちの酒宴に役者に扮して御出でになったのですか?」

元之輔はお美世の方を見つめ返した。お美世の方の目には好奇心が溢れていた。何か理由があるのでしょう? 言ってごらんなさい。そんな挑発も感じられる。

元之輔はこの機会を逃してはならない、と覚悟した。

「実は、茜様や御年寄のお美世様に、直接、お会いして、お尋ねしたいことがあったからです。こういう機会でないとお話し出来ないでしょうから」

お美世の方と茜様は、思わず顔を見合わせた。

元之輔たちの脇に正座していた知佐が尻を浮かした。

「知佐、いいです。止めないで」

「はい」

知佐は目をしばたたきながら、元のように正座した。

「何でしょう？」

「昔、大奥に上がったお嶺を覚えておられますか？」

「お嶺？　御下方だったお嶺ですか？」

「はい。御上のお手が付いて、身籠もり、正室のお邦様から宿下がりさせられた御女中です」

お美世の方は、茜様と目を合わせた。

「はい。お嶺のことはよく存じております。私に付いて、よく尽くしてくれました。いま、どうなさっています？」

「宿下がりした後、大店の主人に迎えられ、いまは幸せに暮らしています」

「それは良かったですね」

お美世の方は嬉しそうにうなずいた。

「そのお嶺が、嫁いでまもなく女の子を産みました。御上の血筋の娘です。名前はお幸と申します」

知佐が顔を強ばらせていた。やはり、勘助が聞き付けた名前の女だ、と元之輔は確信した。

「そのお幸さんは、いまおいくつに？」

「十五になります」

茜様が大きくうなずいた。

「まあ、元気に育ったのですね。それは良かった。殿の血筋の子は、いずれも体が弱くて、みんなに心配をかけているというのに。それはよかったですね。羨ましい」

茜様はお美世の方と顔を見合わせ、うなずき合った。

「そのお幸さんが、何者かに拉致されたのです」

茜様がびっくりした顔になった。

「まあ、そんな非道《ひど》いことをする人がいるのですか」

「いったい、誰がお幸さんを拉致したのですか？」

お美世の方は真剣な目付きで、身を乗り出した。元之輔は、二人の様子を窺いながら言った。

「斉暢様のお世継の血筋に繋がるお幸を、正室の養女にして婿養子を迎えようとする企みがあります。それに対して……」

「お黙りなさい。御側室の茜様の前で、そのようなことを申し上げるのは無礼であろう。控えおろう……」

知佐が腰を上げて元之輔を怒鳴った。お美世の方が言った。

「知佐、何を怒っておるのです。茜様と私が話をお聞きしているのですよ。あなたこそお黙りなさい。この方から、お話を聞きたいのですから」

お美世の方は、穏やかに知佐を諭し、元之輔に顔を向けた。

「続けてください。赤星十三郎様」

「そうした動きに対し、お幸を拉致して、妨害しようという輩もいるのです」

「まあ、なんて非道い」お美世の方は顔をしかめた。茜様が元之輔に尋ねた。

「妨害する人たちは、何の目的のためです?」

「彼らが担ぐ御方の幼い世子が無事にお世継出来るように考えてのことでしょう」

お美世の方は、茜様と顔を見合わせた。

「もしや、赤星様は、茜様の御子鷹丸様のことを言っているのですか?　鷹丸様を担ぐ者がお幸さんを拉致したと?」

「違いますか?」

茜様は顔色を変えた。

「私の配下の誰かが、鷹丸のために、そんなことをやったと申されるのか」

お美世の方も憮然として言った。

「もし、茜様の部下の者が、そのようなことをしていたら、茜様は決して許しません」

元之輔は一か八《ばち》かの勝負に出た。

「では、お願いがあります。この屋敷の離れがあります。その離れの地下牢をお調べください」

王手飛車取り。

「この屋敷に地下牢があるのですか?」

「お幸は、そこに囚われいます」

「誰が、そんなことをしたのです?」

茜様が顔色を変えた。

「御家老高岡主水殿、それから、茜様や美世の方様が懇意になさっている河合鈴之介殿にお尋ねください」

「なに、高岡や河合がそんな陰謀に携わっていたというのか？」

茜様は立ち上がった。

「高岡を呼べ。河合も呼べ。二人を召し捕れ」

お美世の方が立ち、よろける茜様を支えた。

「小姓、警固の者を呼べ」

お美世の方は大声で警固の侍たちを呼んだ。

元之輔は、はっとして、周りを見た。さっきまで座っていた知佐の姿がない。

「田島！　知佐を」

田島の姿もなかった。

警固の侍たちが小姓とともに廊下から座敷に駆け込んだ。警固の侍たちは、元之輔を見て、飛びかかかった。

「違う。その方ではない。知佐は、どこだ？」

お美世の方も、知佐が居ないのに気付いた。

御女中たちは、騒ぎに総立ちになった。

お美世の方は元之輔を指差した。

「警固の者、この赤星様の指示に従え」

「……………」

警固の侍たちは、思わぬ命令に戸惑った。元之輔は立ち上がった。

「よし、みな、拙者に付いて参れ。離れに行く」

元之輔は控えの間に走り込み、刀を取った。すぐさま、廊下に走り出た。

突然、外が騒がしくなった。庭の方から「まかしょ、まかしょ」の声が聞こえた。

元之輔は一気に離れの渡り廊下に飛び出した。

真直ぐに伸びた廊下の両脇に行灯が並び、廊下を明るく照らしていた。突き当たりの戸口付近に提灯の明かりがちらつき、何人かの黒い人影が見えた。戸口は高床造りの渡り廊下への出入口だ。

元之輔は戸口に向かって必死に駆けた。後から何人もの警固の侍たちが事情も分からず、どたどたと足音を立てて付いて来る。

戸口にいた侍たちは駆け付けた元之輔の真っ白な顔を見て飛び退いた。元之輔は顔に白塗りの化粧をしていたからだ。

「貴公は、何者」

侍たちは刀を元之輔に向けた。

「待て。それがし、赤星十三郎。怪しい者ではない」

元之輔は咄嗟に役名を名乗った。後から付いて来た侍が前に出て大声で言った。

「待て。赤星様の命に従え。御年寄様のご命令だ」

侍たちは安堵して刀を引いた。

「何が起こっている？」

元之輔は戸口を固めた侍たちに訊いた。

侍たちは怖ず怖ずと渡り廊下の先の暗がりを指差した。

「あれ、あそこ、し、白い顔のお化けが……」

侍たちが手にした弓張《ゆみはり》提灯では暗すぎて離れまで明かりが届かない。

離れの出入口あたりの暗がりに白い顔が揺らめいていた。元之輔は笑った。

「田島！　そこに居るのか」

「御隠居、危ない。こちらに来ないで」

田島のか細い声が聞こえた。田島の影の後ろに、もう一人の影が揺らめいている。

田島のほかに誰かいるというのか？

「誰か、強盗《がんどう》提灯を持て」

元之輔は後ろの警固の侍たちに叫んだ。

「は、ただいま」返事があった。

「急げ。強盗提灯を持って来い」

侍たちの声が聞こえた。

元之輔は田島に言った。

「田島、どうした？　大丈夫か」

「おい、御隠居、どうやら、田島はだめらしいぞ」

乾いた男の声が返った。元之輔は怒鳴った。

「貴様、何者？」

「近寄るな。近寄れば、田島を斬る」

「おのれ、貴様、九木剣之介だな」

含み笑いが聞こえた。

「だったら、どうする？」

後ろから明かりが来た。警固の侍が数本の強盗提灯を持って来た。

「離れの戸口を照らせ」

侍たちは数本の強盗提灯の明かりを離れに向けた。明るく照らされた離れの出入口に、白塗りの顔の田島と、その田島の首に左腕を回した九木剣之介の姿が浮かび上がった。

九木は強盗提灯の明かりで照らされ、眩《まぶ》しそうに顔をしかめた。右手に抜き身を下げている。

「御隠居、一歩でも近付いてみろ。こやつを真っ二つにする」

「分かった。誰も手を出すな」

元之輔は警固の侍たちに言った。

白い顔の化物の正体が田島だったと分かり、侍たちは安堵した。

「眩しい。強盗提灯で照らすな」

九木は唸るように言い、右手の刀をかざして光を遮った。侍たちは強盗提灯の光を九木から下ろそうとした。元之輔は囁いた。

「下ろすな。当て続けろ」

元之輔は九木に捕らえられた田島を見ながら、どうするか、策を考えた。

「九木、ひとつ訊きたいことがある」

「なんだ、命乞いか」

「なぜ、笹川久兵衛を斬った？」

「ふん、あいつは人質と引き換えに千両頂こうという俺たちを裏切り、家老に通報しようとしたからだ。俺たちははじめから世継のことなど知ったことではないんでな」

離れの戸口が急に明るくなった。開いた戸口から地下へ下りる階段があるらしい。提灯の明かりがゆっくり上がって来る。部屋の壁に黒い影が揺らめいている。

「兄上、連れて来ました」

階段から女の声がした。知佐の声だった。

「よし、知佐、上がって来い」

弓張提灯の明かりとともに、二人の人影が戸口に現われた。弓張提灯を手にしたお幸が見えた。お幸の背後から首に腕を回した知佐の姿があった。知佐は右手の抜き身を、お幸の喉元にあてていた。

九木は大声で嘲笑った。

「おい、御隠居、伊勢屋から用心棒を頼まれたのだろう。こうなると役立たずの年寄りだな」

「九木、このままでは、屋敷から生きて出られぬぞ」

「ふん、どうかな。おぬし、そんなことを言える立場か」

背後に大勢の人の気配が起こった。側室の茜様とお美世の方がお付きの御女中たちと一緒に現われた。家老の高岡主水や河合鈴之介の姿もあった。

「こういうことだったのですか」

茜様が悲痛な声を上げた。

「やはり赤星様が言っていたことは本当だったのですね」

お美世の方も怒りの声を上げげた。茜様が一緒にいた家老に向いた。

「高岡、これは、どういうことです?」

高岡主水は渋い顔をした。

「河合、これはどういうことだ。おぬし、なんてことをやったのだ」

高岡は傍らに座った河合鈴之介をどやしつけた。河合はおろおろした。

「も、申し訳ありません。ですが、高岡様のご指示の通りに……」

「黙れ黙れ。貴様、苦し紛れになんということを言うのだ」

高岡は河合の頭を手で叩いた。

「警固の者、この二人を召し捕れ」

お美世の方は警固の侍たちに命じた。

「……申し訳ありません」

河合は大人しく警固の侍に捕まった。

「御年寄様、わしは何も知らぬ。おぬしら、わしを捕らえたら、あとで……」

高岡は警固の侍たちが捕らえようとする手を荒々しく振り払った。警固の侍たちは、どうしたらいいのか分からず、おろおろしている。

「へ、往生際《おうじょうぎわ》が悪いな、御家老」

九木が離れから大声で嘲笑った。

「すべて御家老がやれ、と言ったことじゃねえかい。いまになって河合のせいにするなんて、卑怯だぜ」

「な、何を言うか、九木め、貴様、恩義を忘れて。茜様、これには訳が……」

「高岡、静かにお縄を頂戴しなさい……」

茜様は高岡を諭した。高岡はいきなり、小刀を抜いた。

一瞬、元之輔の手刀が高岡の腕を叩き下ろした。高岡はぽとりと小刀を落とした。

元之輔は落ちた小刀を拾った。

「おのれ、このままで済むと思うな」

高岡は身を翻して、廊下の奥へと逃げ出した。

「待て、逃げるな」

警固の侍たち数人が怒鳴りながら後を追った。

元之輔はお美世の方に裏庭を見ろと指した。

いつの間にか、薄暗い裏庭に大勢の人影が集まっていた。

お美世の方は警固の侍たちに命じた。

「あなたたちは茜様を護って」

警固の侍たちは茜様とお美世の方を護るように囲んで立った。

「おう、みなようやくやって来たか」

九木はにやにやと笑った。裏庭の人影たちは浪人者たちだった。十五、六人はいる。

浪人者たちは、強盗提灯を照らされても、たじろがず、裏庭に立っていた。

「どうやら、立場が逆転したようだな」

「そうかな」

元之輔は廊下に大勢の人の気配を感じながら言った。廊下の戸口に、どやどやっと御女中たちの集団が駆け付けた。頭に白い鉢巻きをし、揃いの矢絣の小袖に、白紐の襷《たすき》掛け姿の御女中たちだった。いずれも長刀《なぎなた》を小脇に抱えている。

「みな、茜様をお守りして」

「はいッ」

御女中たちは声を揃えて返事をした。一斉に長刀の刃を浪人者たちに向けて構えた。

警固の侍たちは劣勢から立ち直った。反対に浪人者たちは劣勢になり動揺した。

「おい、九木、話が違うぞ。わしら、御女中たちと斬り合うなんて聞いておらんぞ」

「千両を分けてくれるってえから集まったんだ」

「やめた、やめた。わしら、引き揚げるぞ」

浪人者たちは口々に文句を言った。

廊下から、団之助や左団次、右団次たちも姿を現わした。

突然、庭の方で騒ぎが起こった。

まかしょ、まかしょ、という掛け声が聞こえた。物の壊れる音が響き、白装束姿のまかしょの群れが現われた。

門番や警備の侍たちは、まかしょから石飛礫を投げられ、逃げて来る。

まかしょたちは、離れの渡り廊下の近くまで押し寄せて来た。

「おいおい、どうなっているんだ。いろんな連中が現われるなあ」

九木は苦笑した。

裏庭にいる浪人者たちも騒めいた。いつの間にか、浪人者の背後にも、白装束のまかしょたちの群れが集まりはじめていた。

「火事だ、火事だあ」「火事、火事だ」

今度は屋敷の中から女や男の声が上がった。

廊下をばたばたと走る足音が響いて来る。

誰もが火事に気を取られた時、白装束のまかしょが一人、一瞬の隙をついて離れの戸口に飛んだ。まかしょは知佐を突き飛ばし、お幸を抱えて裏庭に転がった。その際、知佐の懐剣がきらりと光ったように元之輔には見えた。浪人たちが飛び退いた。

次の瞬間、元之輔は裏庭に飛び降り、お幸とまかしょを背に庇った。

ほとんど同時に知佐の体が飛鳥のように元之輔に襲いかかった。元之輔は刀の鞘で知佐の懐剣を弾いて流した。

それでも懐剣の刃が元之輔の二の腕を裂いた。元之輔は体を回し、刀の鞘で知佐を張り飛ばした。

知佐は呻き、地面に転がった。

今度は九木の体が飛び降りた。九木は元之輔に向かい、刀を青眼に構えた。

田島はやられたか？

元之輔は渡り廊下の田島に目をやった。田島は喉を擦っていた。生きている。

「ああ、心配するな。おぬしが知佐を殺《や》ったら、あいつも死んでいた。これで貸し借りなしだな」

九木は不敵に笑った。

元之輔は左腕から流れる血を手で止めながら、お幸の体を揺すった。お幸は目を開け、元之輔の胸にすがった。

「………」

「もう大丈夫だ。安心いたせ」

元之輔はそう言いながらも、刀の鯉口を切った。もし、九木が斬りかかったら、抜き打ちで斬り上げる。だが、無用な心配だった。

九木も後退りし、知佐を抱え起こした。知佐は頭を打った様子で、足がふらついていた。

知佐に飛びかかったまかしょの男も、ようやく立ち上がった。新吉だった。新吉は胸を斬られ、白装束に血の染みが広がっていた。だが、傷は浅いと見た。

「新吉、お幸を頼むぞ」

「へい。……お幸」

「新ちゃん」

お幸は新吉に肩を貸して、その場から逃れた。

「引き揚げだ！」

まかしょたちは、新吉とお幸を囲み、表門の方角に逃げて行く。火事騒ぎに、いつの間にか、浪人たちの姿も消えていた。

廊下の方の火事騒ぎは一層大きくなった。

「茜様、すぐに退避を」

その声に元之輔は廊下の戸口から中を見た。廊下の奥に火の手が上がっていた。

「逃げ場を失った高岡が、最後に火を点けました。退避してください」

高岡を追った侍たちが戻って来て茜様に報告した。御女中たちは動揺した。

元之輔は大声で言った。

「茜様、お美世の方、火が小さいうちに、早く逃げろ」

「さ、引き揚げましょう。さあ」

お美世の方も叫んだ。

御女中たちは、茜様を囲み、一斉に廊下に駆け込んだ。警固の侍たちも、御女中たちについて引き揚げて行く。みんな開かずの間の地下通路から逃げようとしているのだ。

最後に残ったお美世の方が元之輔に顔を向けた。

「赤星十三郎様、口ぱくの芝居、面白うございました。また、お会いすることがあったら、本当のお名前、お聞かせください」

それだけ言うと、お美世の方は深々と頭を下げた。

「それがしは……」

元之輔が言う前に、お美世の方は廊下の奥に走り去っていた。

振り向いた。

いつの間にか九木と知佐の姿も消えていた。大勢いた浪人者たちの姿も、あたりに見当らなくなっていた。

田島が元之輔に駆け寄った。

「御隠居、腕の止血を」

田島が駆け寄り、手拭いで元之輔の左腕の刀傷をぐるぐる巻きして止血した。

「九木と知佐は、どこに消えた?」

「さあ、それがしも、気分が悪くて、しばらく蹲っていましたんで。ですが、二人は連れ立って離れに戻ったように見えたんですが」

「なに離れに戻った?」

元之輔は離れを窺った。だが、人の気配はなかった。

カンカンカン。

半鐘《はんしょう》がそこかしこで鳴っていた。

団之助たちの姿もなかった。うまく逃げ出したらしい。

元之輔は田島と連れ立ち、表門へ向かって歩き出した。

表門の門扉は両側に開け放たれ、武家火消しの男たちが、大勢邸内になだれ込んで来た。

すれ違う火消したちは、薄汚れた元之輔と田島の白い顔を見て笑いながら走り去った。

振り向くと火事はさらに大きくなり、屋敷全体が紅蓮《ぐれん》の炎に包まれていた。離れにも飛び火して、赤々と燃え上がっている。

白煙が空にまで立ち昇っていた。煙の雲の中に、無数の星がきらめいていた。

天空に三日月が冷たい光を投げていた。近くに一際大きな宵《よい》の明星《みょうじょう》が掛かっていた。

元之輔は、今頃になって、左団次が謳う赤星十三郎の一人語りが思い出された。

……今牛若と名も高く、忍ぶ姿も人の目に月影《つきかげ》ケ谷《がやつ》神輿《みこし》ケ《が》獄《たけ》、今日ぞ命の明け方に消ゆる間近き星月夜、その名も赤星十三郎。

元之輔は、歩きながら、左団次の口調を真似て、台詞を唸っていた。

へ、へ、ヘックション。

元之輔はくしゃみをし、田島と笑い合った。

八

湯島天神の宮地芝居の弥生興行が始まった。

片山座の出し物は「白浪五人男」だった。

元之輔は、左団次たちの演じる「稲瀬川勢揃いの場」を見ながら、化物屋敷で、自分たちが演じた芝居を思い出していた。観ると演じるとは大違い。芝居の役者と乞食は三日やったら、辞められないという諺《ことわざ》を思い出していた。たった一回、演じただけでも、何度も自分が舞台に立つ夢を見る。あの快感は、何だったのだろう。不思議な体験だった。

そして、お美世の方の囁きが耳に残っている。

赤星十三郎様の口ぱくのお芝居、面白うございました、か。誉められたわけでもないのに、なぜか、忘れられない。

元之輔は、庭に咲く水仙《すいせん》に目をやった。水仙の花々は春風に揺れていた。

残日録《ざんじつろく》の頁を開いたまま、元之輔は何を書こうか迷っていた。

廊下に春の陽射しが柔らかく伸びている。

遠くひばりの声も聞こえる。

水戸藩の斉暢様のお世継については、その後、何も聞いていない。

側室派の次席家老高岡主水が、火事で焼死したことぐらいのことしか伝わってこない。

思い出した。

伊勢屋清兵衛とお嶺の子であるお幸と、幼な馴染みの新吉の結納が交わされたことは記しておかねばなるまい。

元之輔は、父がいない新吉の父親代わりを引き受けたことでもある。

新吉の結納には条件があった。新吉は伊勢屋本店で丁稚から修業して番頭になること。

新吉は、心を入れ替え、商人になろうと決意した。それが、お幸と一緒になりたい一心からだとしても、誉めてやろう、と思う。

それから、化物屋敷についても、書いておく。屋敷の建物は全焼した。

本邸の焼け跡から大きな地下通路が発見された。だが、幕府の命令で、その地下通路は、どこに繋がっているかも調べず、埋め立てられた。

さらにもう一ヶ所、離れの地下室から、向かいの神社の境内に出られる地下通路も見つかった。これまた、幕府の命令で通路は崩落させられた。

もしかして、九木剣之介と妹知佐は、火事のどさくさに紛れて、離れの地下通路から外に逃れたのではないか、と思われたが、これまた何の確証もない。

しかし、もし二人が生き延びていたら、再び伊勢屋に現われることもありうるとして、元之輔は清兵衛に呼ばれたが、いままでのところ、その兆候はない。

元之輔は気を取り直し、筆を取った。穂先を墨に浸け、残日録に向かった。

うぐいすの啼くのを聞く。

本日も好天。特に記すことなし。

元之輔は、筆を置いた。

時代小説
二見時代小説文庫

化物屋敷《ばけものやしき》　御隠居用心棒《ごいんきょようじんぼう》　残日録《ざんじつろく》 3

二〇二五年　二　月二十五日　初版発行

著者　森《もり》　詠《えい》

発行所　株式会社　二見書房
〒一〇一-八四〇五
東京都千代田区神田三崎町二-一八-一一
電話　〇三-三五一五-二三一一［営業］
〇三-三五一五-二三一三［編集］
振替　〇〇一七〇-四-二六三九

印刷　株式会社　堀内印刷所
製本　株式会社　村上製本所

ISBN978-4-576-25006-9
https://www.futami.co.jp/

森詠

御隠居用心棒 残日録

シリーズ

以下続刊

①落花に舞う
②暴れん坊若様
③化物屋敷

「人生六十年。その後の余生はおまけだ。あとは自由に好きなように生きよう」と深川《ふかがわ》の仕舞屋に移り住んだ桑原元之輔《くわばらげんのすけ》は、羽前長坂《うぜんながさか》藩の元江戸家老。そんな折、郷里の先輩が二十両の金繰りに窮し、娘が身売りするところまで追い込まれていると泣きついてきた。そこに口入れ屋の扇屋伝兵衛《おうぎやでんべえ》が持ちかけてきたのは「用心棒」の仕事だ。御隠居用心棒のお手並み拝見！

氷月 葵

密命 はみだし新番士 シリーズ

以下続刊

① 十五歳の将軍

② 逃げる役人

十八歳の不二倉《ふじくら》壱之介《いちのすけ》は、将軍や世嗣《せいし》の警護を担う新番組の見習い新番士。家治《いえはる》の逝去によって十五歳で将軍の座に就いた家斉《いえなり》からの信頼は篤《あつ》く、老中首座に就き権勢を握る松平定信《まつだいらさだのぶ》の隠密と闘うことに。市中に放たれた壱之介は定信の政策を見張り、町の治安も守ろうと奔走する。そんななか、田沼家に仕官していた秋川友之進《あきかわとものしん》とその妹紫乃《しの》と知り合うが、紫乃を不運が見舞う。